Klaus Funke

DER TEUFEL IN DRESDEN

Ein Paganini-Roman

Faber & Faber

INTRODUZIONE

Seeluft, frisch, verwegen und verlockend weht vom Hafen in die engen Gassen der Stadt, doch schwingt darin auch wie immer jener bekannte Geruch mit, der von gefangenen und feilgebotenen Fischen kündet, jene salzige Fäule, die Armut, Rohheit und Laster verströmt.

Der junge Mann atmet tief, er kennt diese Luft, seit er denken kann, doch heute schickt sie ihm Mut, dass es in den Adern prickelt. Er lehnt, mager, hoch aufgeschossen, mit blasser Haut, bescheiden gekleidet, in gebrauchtem dunklen Überrock, fast noch ein Kind, an einer der grauschwarzen, feuchten Hauswände in der Vico delle Fosse del Colle, dem Katzengang, wie die Gasse wegen ihrer Enge und Düsternis genannt wird. Dies ist eine jener elenden dunklen, sonnenarmen Häuserschluchten der Stadt Genua, von denen es hier nur allzu viele gibt und die in großen Teilen seit Jahren leer stehend der Verrottung und dem Verfall preisgegeben sind.

Der Junge zittert vor Erregung, seine dunklen Augen glänzen wie im Fieber, sie brennen sich in ein Blatt schäbigen Papiers, das er in den Händen hält. Er liest die Proklamation des Napoleon Bonaparte, der zwei Tage vorher in glänzendstem Triumph in Milano eingezogen ist: »*Soldaten, ihr ernährt euch schlecht und geht fast unbekleidet. Die Regierung der Republik schuldet euch viel, aber sie kann nichts in eurem Interesse tun … darum beschloss ich, euch aus den Bergen in das fruchtbarste Tal der Erde hinunterzu-*

führen. Weite Straßen, große Städte stehen offen vor euch, ihr werdet herrliche Gegenden sehen, ein neues Land, wo euch Ehre, Ruhm und Reichtum erwarten …«

Es ist mitten im Frühling, am 17. März 1796. Der Junge an der kalten, grauschwarzen Mauer in jener Gasse Genuas ist gerade vierzehn Jahre alt.

Er ballt die Fäuste seiner übergroßen, langfingrigen Hände, er ballt sie entschlossen und mit aller Kraft, obwohl ihn ein Hustenanfall zu schütteln beginnt. Grimmig sagt er zu sich: Eine neue, gänzlich andere Welt bringt er uns, dieser Franzosengeneral. Er zeigt uns, wie man es vermag, dass man mit dem rechten Willen alles im Leben erreichen kann. Bin nicht auch ich schlecht gekleidet, leide nicht auch ich, schuldet man nicht auch mir viel, ja alles im Leben? Ist es nicht Zeit, dass mich meine Musik aus der erträumten in die wirkliche Welt führt, welche Städte werde ich sehen, wie viele Menschen, erwartet nicht auch mich Reichtum, könnte ich nicht bald diesen Gassen, dieser Enge entfliehen? Ja, denkt der Junge in überschwänglichem Glücksgefühl, das ihn so plötzlich angefallen hat, und spürt nicht die Kühle des Mauerwerks im Rücken, die Zeit der Freiheit, der Befreiung ist gekommen. Oh, Madonna! Also will, also muss ich mich nun befreien aus väterlichem Joch. Es muss und es wird gelingen, ich werde dem Tyrannen, dem verfluchten Mentor entkommen …

Und es atmet der Junge begierig die frische, landeinwärts wehende Seeluft. Ihm ist, als käme mit ihr jene Freiheit, nach der er sich schon so lange gesehnt. Zu gern hätte er sich schon früher von diesem *harten Mentor* frei gemacht, denkt er, das napoleonische Flugblatt in der entschlossenen Faust, aber er wich nicht von meiner Seite, dieser höllische Wachhund von Vater. Nun aber will ich's wagen, bei erster Gelegenheit, um fortan auf eigenen Füßen zu stehen. Denn mit meiner Kunst, meiner Violine stehe ich schon lang allein. Was ich darauf vermag, brachte ich mir selber bei. Er, der Alte, war mir nur immer der Kerkermeister. Nun soll die Geige meine Waffe sein, mit der ich, diesem französischen General gleich, die Welt erobern will … Doch gerade, als er dies denkt, schrickt er zusammen, der schwarzhaarige, magere Knabe, denn er hört mit seinem überfeinen Ohr eilige sich nähernde Schritte, hört sie heraus aus den Geräuschen der nahen Gassen und des Hafens, hört das asthmatische Keuchen, das er so fürchtet. Der Vater kommt, er sucht ihn. Wieder wird es Züchtigungen geben. Rasch birgt der Junge das Blatt unter dem Hemd. Noch rechtzeitig, denn da taucht der Gefürchtete schon auf, packt den Jungen am Kragen und zerrt ihn mit sich fort. Üben sollst du, brüllt er, nicht Maulaffen feilhalten, so komm, ich will dich lehren. Und er schüttelt den Widerstrebenden, ihn roh bei den Haaren packend, kräftig durch …

1. KAPITEL

Mit hochrotem Kopf stürmt die Bettenmamsell Johanna Kleditzsch am Kellner Knöfel vorbei die Treppe hinab. Fassungslos starrt er ihr nach.

Was für Launen! Was für ein Gelächter! so ruft sie voller Empörung vom unteren Treppenabsatz nach oben. Sie zittert am ganzen Leib.

Sogar zur nachtschlafenden Zeit dieses abscheulich irre Gelächter!

So könne nur der Teufel lachen! hört der erschrockene Kellner, und er macht stumm eine abwehrende Handbewegung, legt den Finger vor den Mund. Doch die Bettenmamsell schweigt nicht: Und dann dieses Violinspiel! Als ob eine ganze Schar von Geigern, ja ein ganzes Orchester im Zimmer wäre und alle auf dieser armen einzigen Violine spielten. Ein Heulen und Jammern, ein Flöten und Fiepen, ein Krächzen und Winseln. Alle Töne der Hölle wären zu hören. Die Haare stünden einer anständigen Frau zu Berge. Keine zehn Pferde brächten sie noch einmal hinauf in die Etage, wo dieser Teufel abgestiegen sei.

Weiter, doch leiser schimpfend, steigt sie die Treppe hinab.

Der Kellner Knöfel macht eine hastige Bewegung, und es scheint, als wolle er auf der Stelle umkehren und der Mamsell hinterher, doch dann winkt er resigniert ab. Wenn sie nur nicht, dieses unvernünftige Weibsbild, denkt er noch, hinaus auf die Straße läuft, vor das Hotel, wo in diesem Moment Dutzende Gaffer und Neu-

gierige vielleicht noch immer stünden, oder zurückgekehrt seien, obwohl er sie auseinander getrieben habe.
Seit Stunden hatten sie so gestanden. Die Nachricht, dass im »Hotel de Pologne« ein geheimnisvoller, hochberühmter Fremder aus Italien abgestiegen sei, hat sich in der Stadt, der Knöfel weiß nicht wie, herumgesprochen. Und Knöfel denkt daran, wie er eben noch unten bei diesen Menschen gewesen ist und ihnen erklärt hat, sie möchten nach Hause gehen, er verweigere jede Auskunft, dazu sei er verpflichtet, jeder Gast sei heilig und beanspruche die Unversehrtheit seiner Person. Wohin wir denn kämen, hat er deutlich gesagt, wenn man eindringe in die Privatsphäre von Gästen und Künstlern allzumal, die in seinem Hause als Gäste weilten. Er gäbe keine Auskunft, »basta«, und er verwehre jedem, außer man weise sich als Mann der Presse aus und habe ein berechtigtes, nachvollziehbares Interesse, also er verwehre jedem den Zutritt …
Und dann habe er sich in die Tür gestellt und kein Wort mehr gesagt, nur die Arme über der Brust gekreuzt, und er habe ein entschlossenes, vielleicht sogar ein böses Gesicht gemacht, denkt er jetzt. Er ist mit sich zufrieden. So steht der Kellner sinnend und kopfschüttelnd noch immer auf der Treppe.
Es ist ruhig im Haus, auch aus der oberen Etage hört er nichts.
Nein, und nun auch noch die Johanna, Knöfel ist verwirrt, vielleicht habe sie von den Gerüchten gehört und sei deshalb besonders erregt und nervös. Was für einen Lärm sie gemacht habe, wie aufgeregt sie sei, diese Johanna. So kenne er sie gar nicht, denkt er. Man werde sie ermahnen müssen. So benimmt man sich nicht im »Pologne«! Ja, sie habe sich anstecken lassen, denkt der Kellner Knöfel noch einmal, alle seien sie aufgeregt und angesteckt, die ganze Stadt sei in Aufruhr wegen dieses Gastes auf Zimmer 45.
Heinrich August Knöfel, Kellner im »Hotel de Pologne«, einem bekannten, wenn nicht gar dem besten Haus am Platze, das un-

übersehbar in der Schlossgasse, Ecke Badergasse unweit der Residenz gelegen, hat beste Manieren und eine Bildung, die ihn beinahe für die Stelle eines Kammerherrn am Hofe geeignet erscheinen lässt. Er kennt sich aus in Kunstsachen und Musik wie kaum ein anderer. Oft, wenn bekannte Künstler hier absteigen, wird nur er beauftragt, die Berühmtheiten zu bedienen, ihnen die Wünsche von den genialischen Stirnen abzulesen. Die Frau Effenberg, Besitzerin des Hotels, kann sich auf ihn verlassen, ohnehin ist er ihr beinahe wie die rechte Hand geworden in all den Jahren. Er kennt die Marotten und Launen dieser Herrschaften, er versteht sich aufs Englische, Spanische und Französische und, wenn er sich Mühe gibt, sogar aufs Italienische. In all diesen Sprachen kennt er Redewendungen, auch Flüche, er weiß über neueste Opern ebenso zu plaudern wie über angesehene Konzertsolisten, selbst Dichter kennt er beim Namen, und selten weiß er nicht mehr weiter. Doch diesmal, mit diesem geheimnisvollen, dunkelhaarigen Italiener, diesem Violinvirtuosen aus Genua, Paganini geheißen, ist Knöfel in ziemlicher Verwirrung.

Vor dem Haus die Gaffer und Neugierigen, die kaum zu beruhigen waren. Nicht allein, dass ihm, wie soeben die Mamsell Johanna, auch schon die Etagenkellner, ja das gesamte Personal jeden Dienst an diesem seltsamen Gast verweigert, nein, er, der kunstsinnige gebildete Herr Knöfel ist mit all seinen Erfahrungen, seiner Noblesse, seinem Latein am Ende, schließlich habe er, so denkt er, auch nur Nerven und die brauche er für seinen Dienst hier im Hause.

Sogar einen großen Enzian habe er, als er eben von unten heraufgekommen ist, trinken müssen, zur Beruhigung nach all der Aufregung und dem Lärm; einen Enzian, den er um diese Zeit sonst noch niemals habe trinken müssen.

Gestern am Abend, es dunkelte schon, ist dieser Herr Paganini mit einem eigens gemieteten privaten Reisewagen aus Prag angekommen.

Er wird erwartet in der Residenzstadt, Seine allergnädigste Majestät, der greise König Anton, soll hinter der Einladung stecken, sagt man. Schon in den späten Nachmittagsstunden hatten sich erste Schaulustige und Neugierige vor dem Hotel gesammelt. Flugzettel sind verteilt worden mit dem Auftrittsprogramm, das er aufführt, einer Akademie, wie es genannt wird. Man tuschelt. Gerüchte schweben heran und unter die Leute der Stadt. Tolles wird erzählt, die wirrsten Geschichten. Knöfel hat einige aufgeschnappt. Sie flattern ihm noch jetzt im Kopf herum, da er auf der Hoteltreppe steht. Die e-Saite von Paganinis *Guaneri del Gesu* soll aus dem Gedärm einer toten Geliebten gesponnen sein, er trinke Schafsblut vor jedem Auftritt.

Wie ein Wachsoldat hat er, der aufgeklärte und gebildete Kellner Knöfel, zuletzt vor dem Hotel gestanden. Nein, er könne niemanden hereinlassen, hat er immer wieder sagen und sogar mit der Polizei drohen müssen. Und wieder und wieder forderte er die Leute zum Gehen auf. Man werde den Künstler in der Oper sehen, hat er beruhigend unzählige Male wiederholen müssen, ja, er sei ein Virtuose von europäischem Rang, dieser Paganini; wohin er auch führe, überall gäbe es dieselbe Begeisterung und die Damen bekämen Ohnmachtsanfälle. Was sei daran außergewöhnlich, habe er gesagt, die Damen fielen leicht in Ohnmacht heutzutage, das läge an ihren eng geschnürten Kleidern und sicherlich auch an ihrem hysterischen Naturell, aber mit dem Teufel stünde der Paganini nicht im Bunde, wenn auch kein Mensch so auf der Violine zu spielen verstünde wie er. Von Beethoven dächte man ja auch nicht, er sei des Teufels, und doch sei der ein Musiker, dessen Begabung unerklärlich sei. Schriebe ganze Sinfonien und Quartette und höre dennoch nicht eine einzige Note. Also beruhigen Sie sich, bitte sehr, meine Herrschaften. Und nun gehen Sie auseinander, meine Herrschaften! hat er wieder und wieder sagen müssen. Ja, *Herrschaften* habe er gesagt, habe er sagen müssen, denkt der Kellner Knöfel, aber es sei nur niederer

Pöbel gewesen und ein paar Studenten, die vor ihm gestanden haben. Oh, er sieht auf den ersten Blick, mit wem er es zu tun hat. Lange Jahre Berufserfahrung, da kennt man sich aus mit den Menschen. Oh ja, und er sei beherrscht und höflich geblieben, er sei würdig aufgetreten, denkt der Kellner jetzt. Aber sie haben sich nicht zerstreut, diese aufdringlichen Gaffer, Banausen allesamt. Erst als Knöfel einem heranschreitenden Schutzmann zugerufen habe, er könne seinen Posten nicht verlassen, man stürme das Hotel, da endlich seien die Leute zögernd, zuerst einzeln, dann paarweise, davongegangen.

Überall in der Stadt diese Hysterie, überlegt Knöfel auf dem Treppenabsatz, einen Tag vor dem Konzert in der Opera* seien alle Karten ausverkauft, und es habe schon Prügeleien an den Kartenschaltern in der Stadt gegeben. Sein Neffe, Baldur, den Knöfel ausgeschickt hat, ist unverrichteter Dinge zurückgekehrt. Nix zu machen, Oheim, habe dieser gewitzte Bube gesagt, keine Karte sei mehr zu bekommen. Im Gegenteil, Püffe und Faustschläge habe er einstecken müssen.

Aber er wird trotzdem hingehen. Morgen. Er muss diesen Teufel spielen hören und sehen. Unbedingt. Das sei er sich und seinem Kunstsinn schuldig. Spiele er doch selbst ein wenig auf der Geige in seiner karg bemessenen Freizeit. Und er werde Friederike mitnehmen, die Tochter. Im vorigen Monat hat sie eine Sonate von Kreutzer auf der Violine öffentlich gespielt. Ja, so wolle er es machen, beschließt der brave Knöfel. Er werde schon hineingelangen ins Opernhaus, er werde Mittel und Wege finden. Schließlich sei er nicht unbekannt hier in der Stadt. Den Knöfel kennt man.

Und tatsächlich! Ein geheimnisvoller Mensch, dieser Paganini. Er selbst habe ja diesen seltsamen und berühmten Gast gestern,

* Gemeint ist die Hofoper, die vor der ersten Semperoper bis 1838 königliches Theater in Dresden war.

als er ankam, denkt der Kellner Knöfel, der immer noch auf der Hoteltreppe steht, nur ganz kurz zu Gesicht bekommen, wie ein Verbrecher, den Zylinder tief in die Stirn gezogen, das Gesicht fast vollkommen bedeckt, nur ein leichenblasser Mann mit hochgeschlagenem Mantelkragen, ein Streifen Haut und ein paar schwarze, geringelte Haarlöckchen seien zu sehen gewesen, so sei er wortlos mit hochgezogenen Schultern, ein zuckendes, zappelndes Bündel in wärmendes Tuch gehüllt vor der Brust tragend, an ihm vorbeigeschlichen. Hatte vorher in der Kutsche gesessen, dieser seltsame Mensch, und ein kleines Wesen sei bei ihm gewesen, ein Kind oder Kobold, wie gesagt werde. Und ihm sei das Gerücht vorausgeeilt, denkt der Kellner Knöfel, dass Paganini seinen kleinen Sohn Achille nach der Trennung von der hysterischen, gewalttätigen Mutter mit sich herumschleppe bei allen Konzerten. Er könne sich nicht trennen von dem Kleinen. Aber wer weiß, denkt Knöfel, ob dies ein rechtes Kind ist oder nicht doch vielleicht ein Kobold oder ein auf Handmaß geschrumpfter Teufel. Und sie haben gescherzt und gelacht, der Paganini und dieses kleine Wesen, so viel konnte Knöfel hören, so lange haben sie in der Kutsche gesessen, aus der Kichern und fremde lustige Worte drangen, bis dann der Assistent des Künstlers, dieser widerliche kleine Kerl, der ein hannoverscher Stückeschreiber sei, alle Formalitäten erledigt hatte. Und mit diesem Assistenten, dem *Herrn Reisesekretär* Georg Harrys, wie er sich offiziell nennen lässt, hat er, Knöfel, dann auch einige Worte gewechselt.
Ja, hat dieser dicke kleine Mensch mit dem roten Gesicht und der auffälligen Weste gesagt, er sei extra aus Hannover hier herunter nach Dresden gekommen, in der Pirna'schen Vorstadt hätten sie sich getroffen, der Maestro und er. Ja, Paganini brauche einen Mann wie ihn, hat er unverschämt grinsend hinzugefügt und an den Metallknöpfen seiner ordinären Weste gedreht, ohne ihn käme er mit den *deutschen Verhältnissen* nicht zurecht, vor allem fürchte er die deutschen Künstler und Kritiker, was ja oft das-

selbe sei, denn die deutschen Künstler, namentlich die Musici, seien allesamt Kritiker im Nebenberuf und hätten über alles außerdeutsche sofort die eigenste, speziellste Meinung: nur Scharlatanerie sei die welsche Kunst, schrieben sie oder kreischten auf ihren Instrumenten den Kommentar. Doch sein Niccolò Paganini, hat Harrys gesagt, dieser göttliche Künstler, der sei wie ein Kind und habe nur seine Musik und sonst nichts im Sinn …
Und so steht der Kellner Knöfel da, sinnt, erinnert sich. Doch mit einem Mal hebt er die Augenbrauen und sogleich mit ihnen die spitzen Schultern in die Höhe, so dass der breite Kragen seines Fracks die Ohren berührt. Er hat einen Entschluss gefasst. Vorsichtig, jedes Geräusch vermeidend, mit spitzem Schritt steigt er die steilen Stufen zum Obergeschoss hinauf. Vielleicht, so denkt er, könne er hören, was die Bettenmamsell Johanna hörte. Nein, nicht aus Neugier, sagt er sich, sondern aus Fachinteresse (denn wir wissen, er spielt die Violine auch) und weil er von Amts wegen verpflichtet ist, wie er sich selber versichert. Die Frau Effenberg muss er unterrichten, er ist ihr Hofmeister, denkt er nicht ohne Stolz. Also steigt er nach oben, zu Numero 45, und mit jedem Schritt, den er geht auf seinem Ohrenpfad, spitzt er seine Ohren, die vor Aufregung rosig gestrafft scheinen und ein wenig abstehen, schärft er sein Gehör mehr und mehr, wie eine Katze auf der Mäusejagd. Aber außer seinem Herz, das er klopfen hört, ist es still im Haus. Er zählt die Stufen, er weiß, von Treppenabsatz zu Treppenabsatz, wo bei einem jeden eine dorische Säule aus feinstem Marmor, blumendekoriert, aufgestellt ist, sind es zehn Stufen. Noch zwei Absätze muss er überwinden in seinem Lauf, bei dem ihn die Ohren leiten, dann kommt eine halbe Treppe, also fünf Stufen, und wieder ein Absatz mit einer Säule, auf der ihn die Apollofigur mit der Lyra, beleuchtet von einem Seitenfensterchen, erwartet. Schließlich der halbdunkle Gang mit der Nr. 45, geschmückt von dem roten Läufer, der seine Schritte unhörbar machen wird.

Knöfel vernimmt noch immer nichts, nur seine leisen Schritte und das eigene erregte Herz, das inzwischen so laut klopft, dass der ehrenwerte Kellner denkt, es müsse außer ihm von allen im Haus gehört werden. Vielleicht auch von diesem Herrn Paganini.

Halt, da ist der Apoll!

Jetzt noch fünf Stufen und ein paar Schritte in den dunklen Gang hinein. Den braven Kellner Knöfel beschleicht plötzlich das Gefühl, etwas Unrechtes, Unmoralisches zu tun. Man hört nicht an den Türen der Gäste. Das hat er dem Personal Hunderte Male verboten, und einige Male hat er jüngere Kollegen und Lehrjungen an den Ohren von den Zimmertüren weggezogen. Nun will er selber tun, was er ansonsten streng untersagt. Doch er muss, denkt er, er sei verantwortlich, er sei eine Amtsperson, ein deutscher Kellner von Ehre und Gewissen, dem Gemeinwohl verpflichtet. Und er strafft sich.

Im selben Moment, er ist gerade vor der Tür mit der Nummer 45 angekommen, bricht dahinter ein Höllengelächter los. Knöfel schrickt zusammen, springt einen Schritt beiseite. Laute Worte hört er, italienische Worte: *Li porta il diavolo, questi suoni! Santo cielo!* Knöfel kramt sein mageres Italienisch zusammen, doch ihm fällt nichts ein. *Himmel* und *Hölle* glaubt er verstanden zu haben.

Oh, großer Gott, denkt Knöfel, tatsächlich eine Beschwörung!

Im selben Moment jedoch erklingt eine Violine. Einsam, singend schwillt der Ton. Und was er nun hört, ist von so unglaublicher Schönheit, von solcher Kraft, Reinheit und Innigkeit, dass Knöfel vor der Tür in die Knie sinkt. Nichts kann er jetzt denken, nur hören, immerzu hören. Weil er selber ein Musiker sei, entschuldigt er sich bei sich selbst, nur deshalb sei er in die Knie gesunken, was ihm sonst noch niemals vorgekommen.

Knöfel hält den Atem an.

Denn Unglaubliches dringt von drinnen, hinter der Tür mit der Nummer 45 hervor, an seine Ohren, die sich jetzt bedenklich röten, er hört Arpeggios, Flageoletts, Terztriller, Läufe den Steg hinauf und herunter, dass es ihm eiskalt den Rücken hinabläuft. Plötzlich schweigt die Musik, und wieder hört der arme Kellner italienische Worte und ein irres Lachen:
Meraviglioso! Del diavolo è questo!
Dann ein Trommelfeuer wildester Töne, es klingt, als spielten mindestens zwei oder drei Violinen, und Knöfel spürt, wie ihm die Gedanken entgleiten. Er ist nicht mehr Herr seines Willens. Er sieht sich auf einer Waldlichtung, umtanzt von Elfen und Feen, halb bekleidet mit wildem Lachen ziehen sie ihre Kreise um ihn, der, nackend, sich die Blöße bedeckt. Doch von ihm weicht die Furcht und alle Hemmung. Es zuckt, es zerrt in ihm, seine Glieder beginnen ein Eigenleben, und auf einmal schämt er sich seiner Nacktheit nicht mehr. Er will tanzen, sich im Kreise drehen und die selige Musik in sich aufnehmen, sich in ihr baden. Er schnalzt mit der Zunge, hebt die Arme und schnippt im Takt mit den Fingern. Und immer näher tanzen die spärlich bekleideten Mädchen, ihre Brüste wippen, rosa Fleisch glänzt, sanft geringelte Löckchen zeigen sich. Und in dem tanzenden Knöfel steht eine wahnsinnige Gier auf, er ist sich seiner Sinne nicht mehr bewusst, es schwebt, es treibt, es girrt und lacht, und die Musik streift einer antreibenden Peitsche gleich über seinen Körper, dringt ihm in Herz und Hirn. Wilde Wollust hat ihn angefallen. Er will nichts, er weiß nichts, außer dem Tanz und den verführerischen Mädchen um ihn her … tanzen, lachen, lüstern sein …
Alles hat er vergessen, der brave Herr Knöfel, Sitte und Anstand, Form und Moral, und als die Musik endlich, nach endloser, ewiger, nicht gemessener Zeit schweigt, sieht er sich vor dem Zimmer 45 in der oberen Etage seines vornehmen Hotels sitzen, den Rock abgeworfen, den Kragen geöffnet, sich seiner Beinkleider entledigt, in Strümpfen und den langen, wollenen Unterhosen …

Er hat nicht Zeit, wieder zu sich zu kommen, sich anzukleiden und in die rechte Fasson zu bringen, denn plötzlich, wie aus dem Boden gewachsen, steht der kleine Georg Harrys vor ihm. Der Herr Reisesekretär. Breitbeinig, die kurzen Arme verschränkt, steht er vor dem am Boden hockenden Knöfel und feixt. Er dreht an den Metallknöpfen seiner Weste und wartet. Er wendet sich nicht ab, nein, er starrt den Kellner Knöfel herausfordernd an. Und was für Knöfel das Schlimmste ist, dieser Mensch blickt auf ihn nieder und schweigt, sagt kein Wörtchen, schweigt nur und lächelt in ordinärster Weise. Dann wendet er sich so plötzlich ab, wie er aufgetaucht ist, Knöfel sitzt noch immer am selben Fleck, und der Kleine klopft an der Tür von Numero 45.

Maestro? hört Knöfel ihn leise fragen, ehe er ein zweites Mal klopft. Von drinnen ist ein Wiehern zu hören, wie von einem Pferd, dann ein Miau, allerlei andere Tierstimmen noch, ein helles kindliches Lachen und schließlich eine Akkordfolge auf der Violine, die wie ein »Herein, herein!« klingt. Rasch verschwindet der kleine Harrys in der sich öffnenden Tür.

Nur eine weiße, schrecklich blasse Hand hat Knöfel gesehen, der brave Kellner, der am Boden sitzt, eine leichenblasse Hand ist es gewesen, mit langen, überlangen Fingern, die im Türspalt eine Geste vollführten, als ob sie dem Hereintretenden winke. Dann ist wieder Stille auf dem halbdunklen Gang.

Langsam erhebt sich Knöfel, nimmt seine am Boden verstreuten Kleidungsstücke auf, und geht, nachdem er sich angezogen hat, mit gesenktem Kopf den Gang entlang, steigt müde und schwer die fünf Stufen hinab, läuft am Apoll vorbei und weiter die Treppe hinab, bis er, in seinem Arbeitskabinett angekommen, sich einschließt, an den Schreibtisch setzt und den Kopf auf die kühle Holzplatte fallen lässt. Ihm schwindelt und ein wenig übel ist ihm auch, dem Kellner Heinrich August Knöfel, an diesem kalten Wintermorgen …

Und schon einen Tag später, keiner weiß woher, ob der lächelnde Reisesekretär Harrys oder ob der Kellner Knöfel selbst über seine Verwirrung gesprochen hat, oder ob er nicht doch von irgendeinem anderen beobachtet worden war, als er auf dem Flur vor der Tür des unheimlichen Italieners so verrückt tanzte und sich seiner Kleider entledigte, einen Tag danach schwebt ein neues Gerücht durch die Gassen, durch die Kneipen und Salons der Residenzstadt. Der Kellner Knöfel, den man kennt, ansonsten würdig und von besten Manieren, habe sich von diesem Teufelsgeiger behexen lassen und im »Hotel de Pologne«, wo er angestellt, einen wilden Tanz aufgeführt und sei dann nackend die Treppe hinabgerannt. Kein Zweifel, wird gesagt, dieser Italiener müsse mit dem Satan im Bunde sein.
Natürlich hört die Hotelbesitzerin Effenberg, eine energische Dame mittleren Alters, von diesem Gerücht. Sie bestellt ihren Knöfel zum Bericht. Da steht er nun, eine Jammergestalt, mit Augenrändern von fehlendem Schlaf, und er flüstert beschämt von seiner Entgleisung.
Also sei es wahr, keift die Effenberg, der erste Mann ihres Hauses führe sich auf wie in einem Tollhaus. Knöfel schweigt. Und was nun? zischt sie, plötzlich kraftlos und ohne Mut, wie käme sie und das Haus und er, der Knöfel selber, heraus aus diesem Skandal. Noch immer schweigt der Kellner Knöfel. Er steht da, ein kraftloser Schatten, wo er gestern noch ganz Amtsperson und Pflicht im Hause wandelte, fühlt er sich jetzt als Beschämter, klein und schuldig.
Er wisse auch nicht, flüstert er beinahe tonlos und matt, was zu tun sei, wie er auch nicht sagen könne, was bei diesen Violinklängen in ihn gefahren sei. Am besten vielleicht, wagt er einzuwenden und wird lauter, als er hoffende Erwartung im Gesicht seiner Chefin sieht, man tue so, als sei nichts geschehen, man gehe seiner Arbeit nach, wie an allen Tagen, und man versichere sich vielleicht, fügt er beinahe zuversichtlich an, der Freundschaft

jenes Reisesekretärs, dieses Herrn Georg Harrys. Das Gesicht der Besitzerin Effenberg hat sich ein wenig aufgehellt bei den Worten ihres Kellners, doch grimmig antwortet sie, meinetwegen, doch heiße Freundschaft nicht, dass man die Pensionsmiete verkürze. Er solle sich zusammenreißen!
Menschenskind, Herr Knöfel, sagt sie, er solle eine Idee entwickeln, wie das Haus »de Pologne« aus dem Besuch dieses berühmten Violinisten geschäftlichen Erfolg schlagen könne.
Jawohl, Prosperität, ergänzt sie laut und betont dieses moderne Wort, als sie Knöfels ungläubige Miene sieht, Prosperität für uns, unser Haus und zum Schluss auch für Sie! Mein Lieber, liebster Knöfel, sagt sie, oder ob er will, fügt sie hintergründig an, dass man sich trennt, das Haus und ich, lieber Herr Knöfel, von Ihnen …
Der Kellner nickt, ungläubig, einfältig, ist ein wenig verwirrt, versucht zu lächeln, aber eine Idee hat er noch nicht.
Später dann, er sitzt wieder in seinem Stübchen, da sagt er sich, man müsse versuchen, hinter die Geheimnisse dieses fremden Künstlers zu kommen, alles, einfach alles müsse man herausfinden, den Gerüchten sozusagen zuvorkommen. Und wie er solches denkt, klopft es, und, als er herein sagt, tritt Johanna ins Zimmer. Knöfel, noch in Gedanken, schaut kaum auf, dann, als er ein Hüsteln hört, sieht er, die Bettenmamsell will etwas sagen. Sie ist verlegen, dreht an ihrem Schürzenband. Nun Johanna, was gibt es? fragt Knöfel streng und erinnert sich des Lärms, den sie am Morgen gemacht. Leise, stockend flüstert das Mädchen: Sie wisse, so wie sie sich am Morgen aufgeführt, so betrage man sich nicht in einem Hotel wie dem »Pologne«. Ob er ihretwegen Ärger bekommen habe? fragt sie flüsternd. Der Kellner Knöfel murmelt etwas, was sie nicht versteht, er schaut zum winzigen Fensterchen des Amtszimmers hinaus, unentschlossen, mürrisch. Doch da, im selben Moment, als draußen vorm Fenster eine Taube vorbeifliegt, er diesen flatternden Schat-

ten vor seinem Himmels-Viereck sieht, kommt ihm der rettende Gedanke, und ihm fällt der Befehl von Frau Effenberg wieder ein. Ärger? sagt er gedehnt und mit Betonung. Das könne man wohl sagen, dass er wegen ihres Geschreis Ärger bekommen habe, alles, was dann passiert sei, wäre die Folge ihres Geschreis gewesen.

Er macht eine Pause, blickt lauernd zu dem Mädchen und einen Moment stellt er sich vor, ob sie, die Johanna erfahren haben könne, was man ihm andichte. Doch die Bettenmamsell steht so ahnungslos und dümmlich vor ihm, so schuldbewusst und schüchtern, nur bedacht und ängstlich, nicht selbst ins Gerede zu kommen und ihre sichere Stelle zu behalten, dass er kein Bedenken hat, sie mit einem delikaten Auftrag, seiner gerade geborenen Idee nämlich, zu beauftragen.

Ja, sagt er also, sie müsse wieder gutmachen, was durch ihr Verhalten aus dem Lot geraten sei, sie müsse nun für den guten Ruf des Hauses sorgen.

Alles, Herr Knöfel, ruft die Johanna mit Eifer, alles wolle sie tun, und, ach, Herr Knöfel, fährt sie klagend fort, sie wisse, sie habe sich ungebührlich betragen. Sie sei allzu sehr verwirrt gewesen wegen der Musik auf Zimmer 45 und wegen dieses seltsamen geheimnisvollen Fremden, von dem man sich in der Stadt Sachen erzähle, dass einem Mädchen wie ihr ganz ärmlich und ängstlich werde. Was sie tun solle, fragt sie den Kellner.

Knöfel lächelt geheimnisvoll.

Setz dich, mein Kind, sagt er und zeigt auf einen Stuhl. Vorsichtig und mit großem Anstand, die eine Hand berührt die Sitzfläche des Stuhles, während die andere den einfachen Rock, der sich bauscht, glatt streicht, setzt sie sich, beinahe so, als wolle sie mit ihrem ganzen Körper um Verzeihung bitten. Ein aufflammendes, verlegenes Rot färbt ihr Wange und Ohr, sie schaut ins Gesicht des Kellners Knöfel, der lächelt und eine wichtige Miene macht.

Du weißt, Johanna, sagt er nach einer kleinen Pause, während der sein Blick von ihrem Rocksaum hinunter zu ihren wohlgeformten Waden wandert und dann wieder hinauf mitten in ihr gerötetes Antlitz fährt. Du weißt, dass du Gott danken kannst, in einem solchen Hause wie dem unsrigen (und er sagt dieses »unsrige« mit einer beiläufigen Selbstverständlichkeit, als gehöre es ihm zur Hälfte) beschäftigt zu sein, von einer Frau wie der gnädigen Frau Effenberg in Gnade und Milde aufgenommen. Johanna zuckt zusammen, ihre Ohren färben sich in tiefes Violett, sie denkt, wie sie damals, als ihre Mutter gestorben war, durch die Vermittlung eben dieses Kellners Knöfel, ihres Großonkels, die gute, die rettende Anstellung bei der Witwe Effenberg bekommen hat. Was wäre damals aus ihr geworden. Ihr Herz klopft. Warum nur, denkt sie weiter, habe sie sich am Morgen nicht beherrschen können, warum sei sie nur, wie von allen Furien gehetzt, davongerannt. Das Soldatentemperament des Vaters käme eben immer wieder durch. Sie atmet tief. Doch sie schweigt und sagt dies jetzt nicht, der Herr Knöfel ließe es nicht gelten. Stattdessen nickt sie ein paar Mal und presst die Lippen, nickt so sehr, dass ihr die brandroten Locken in die Stirn fallen.
Der Kellner holt Luft nach seiner Einleitung, blickt der Johanna fest ins Gesicht, sagt, die Ehre unseres Hauses ist das Wichtigste. Das verstehst du doch? Wieder nickt das Mädchen heftig. Sie will alles tun, was er von ihr verlangt. Nur jetzt keinen Fehler machen, nur alles eingestehen, nicht unbeherrscht sein, und sie spürt, wie der alte, gelbe, gallige Kellner, ihr ferner Verwandter, der vor ihr sitzt und die dürren Hände eingeklemmt zwischen seinen Knien hält, sie zu einer Art Vertrauten machen will. Die Ehre des ehrwürdigen Hauses »Hotel de Pologne« stehe auf dem Spiel und mit ihr das Schicksal aller Angestellten, ja sogar das der Chefin, das der gnädigen, gütigen Frau Effenberg, hört sie ihn sagen. Ein leichter Schauer überkommt sie, und die Röte

weicht entfärbender Blässe. Wir müssen zusammenstehen, Johanna, sagt der Kellner, neigt sich zu ihr herüber, flüstert: Jetzt gerade, wo *dieser* Mensch im Hause sei, er, Knöfel, ihr Großonkel, könne sich doch auf sie verlassen, auf ihre Diskretion, ihr Schweigen, ihr gutes Herz …
Denk an die Mutter! sagt er noch und bricht seinen Satz ab. Johanna zittert wieder, nickt heftig, streicht sich die Locken aus der Stirn.
Dieser Mensch, sagt der Kellner auf einmal in hartem Ton und er wiederholt dieses Wort, es hat einen verächtlichen, kalten Klang, wie es ihm jetzt aus dem Munde entweicht, zischend beinahe, als entführe es dem züngelnden Kiefer einer bösen, alten Schlange, *dieser fremde Künstler,* verbessert er sich, müsse, solange er in unserem Hause weile, Tag für Tag, Stunde um Stunde, ja Minute um Minute beobachtet werden, man müsse seine Gewohnheiten kennen, jede Einzelheit, man müsse herausfinden, ob er nicht doch mit irgendwelchen übersinnlichen, zumindest aber feindlichen Mächten im Bunde stünde.
Immerhin, es ist bekannt, sagt Knöfel, dieser Mensch sei ein intimer Freund des vor acht Jahren verstorbenen Blutsäufers Napoleon gewesen und der Geliebte seiner Schwester am Hof in Lucca. Immerhin, sagt Knöfel mit Bedeutung, dieser Paganini da oben (und er zeigt mit dem Daumen zur Decke) habe diesem Usurpator sogar eine Sonate gewidmet. Oh, dieser vermaledeite korsische General und Franzosenkaiser, der immer noch, in ganz Europa verstreut, seine Anhänger und heimlichen Verehrer habe.
Johanna erschrickt, aber sie nimmt sich zusammen, lässt sich nichts anmerken. Kerzengerade und tapfer sitzt sie auf dem angewiesenen Stuhl. Als deutsche Patrioten, fürs Vaterland müssen wir wachsam sein, immer noch wachsam, fügt der Kellner an und macht eine Pause, in der er die Johanna aufmerksam mustert. Sie fühlt, jetzt käme er gleich zu seinem eigentlichen Auf-

trag, den er ihr geben wollte die ganze Zeit, und ein bisschen bedauert sie, dass sie hier herein zu ihm, ihrem Großonkel gekommen ist, langsam, wie verrinnender Sand in einem Trichter, beginnt ihre Tapferkeit sie zu verlassen. Sie seufzt, schlägt die Augen nieder, kratzt ein wenig mit der Fußspitze auf dem rot gestrichenen Dielenboden.

Da treffen sie die Worte ihres Großonkels: Du sollst diesen Menschen beobachten! Du sollst diese patriotische Tat leisten, sagt er, auch für unsere Frau Effenberg und unser Haus, das »Hotel de Pologne«. Wenn du wüsstest, sagt er weicher und mit plötzlichem Zittern in der Stimme, wer hier schon alles weilte und welche Traditionen unten in der Gaststube und auf den Zimmern stumm und schweigend immer noch präsent sind. Ja, sagt der Kellner Knöfel, ich bin nicht immer so alt gewesen wie jetzt, gichtig und mit meinem Asthma et cetera. Er hüstelt und hält sich die Brust. Ja, sagt er lauter, vor zwanzig Jahren hättest du mich sehen sollen. Um ein Haar wäre ich damals mit dem jungen Körner zu den Lützowern gegangen. Hier, und er zeigt mit dem Zeigefinger nach unten, in der Gaststube haben sie gesessen, der alte Oberappellationsgerichtsrat Gottfried Körner und sein Sohn. Es ist, als wäre es gestern gewesen, ich sehe sie noch vor mir, und Knöfels Augen leuchten. Hier hat der Theodor, Gott sei seiner armen Seele gnädig, bevor er nach Wien gegangen ist und dann zu den Lützowern in Breslau, aus seinem »Springer« und dem »Vaterland« rezitiert. Wir alle, auch Herr von Weber ist ein paar Mal dabei gewesen, saßen um ihn herum wie eine treue Kriegerschar, haben an seinen Lippen gehangen, zu ihm aufgeblickt. Und er ist ein so hübscher Bursch gewesen. Oh Johanna, wenn du ihn gekannt hättest. Die Weibsbilder waren verrückt nach ihm. Dunkelhaarig und feurig wie ein Zigeuner.

… was will des Sängers Vaterland?
Die Knechte will es niederschlagen,
den Bluthund aus den Grenzen jagen,
und frei die freien Söhne tragen
oder frei sie betten unterm Sand.
Das will mein Vaterland …*

Knöfel ist aufgestanden. Er steht wie eine Statue und sein nach innen leuchtendes Auge scheint die Johanna vor sich auf dem Stuhl nicht zu sehen, die, ganz verwirrt, nicht weiß, was sie tun oder sagen, noch wo sie hinblicken soll. Doch er fasst sich, geht einen Schritt auf die Sitzende zu, legt ihr die Hand auf die Schulter:

Johanna, mein Kind, sagt er, wir erwarten Großes von dir …

Weißt du, vor fast zwanzig Jahren, Knöfel hat sich wieder an seinen kleinen Schreibtisch gesetzt, er redet jetzt wieder leiser, wir waren jung damals, und das Vaterland brauchte Kerle wie Körner, Fichte, Lützow, Jahn und all die anderen. Napoleon schien man nicht besiegen zu können, Knechtschaft so weit man blickte, und auch das Alte schien uns alt und verabscheuungswürdig, die eigenen Eltern waren wie verstaubte Puppen aus einer anderen Zeit, die Lehrer alt und dem napoleonischen System angepasst, die deutsche Eiche war ein fremder Baum geworden, für alle schien es Zeit, dass es erneuert würde.

Selbst die Liebe (Knöfel scheint zu träumen, er lächelt wie abwesend) musste ein neues Gesicht bekommen, die Zöpfe, im Wortsinn, mussten abgeschnitten werden. Verstehst du, Johanna, das ist meine Jugend gewesen, von der uns dieser Bonaparte einen Teil gestohlen hat. Und er war ja am Anfang der Inbegriff eines neuen Heldentums, es erschien uns, als glänzte ewiges Gold mit

* Aus Theodor Körner »Mein Vaterland«

den Worten von Freiheit, Gleichheit und Brüderlichkeit aus dem westlichen, französischen Himmel zu uns herüber. Doch dann sind wir allesamt seine Knechte geworden, langsam, mit Worten und Manifesten zuerst und dann mit Feuer und Schwert. Und nun, wo er tot ist, fern auf dieser Insel, bewacht von den Briten, an seinem Magen, in den hinein er alle Länder Europas fressen wollte, gestorben, jetzt zeigt sich, dass sein Geist noch lebendig ist, dieser Geist der Überhebung, dieser Geist, der dem Willigen einredet, es sei alles erlaubt, selbst das schlimmste Verbrechen, dass man nur den festen Entschluss zu haben brauche und ein bisschen Glück, und schon gehöre einem die Welt.
Und von dieser Sorte, Johanna, das glaube mir, ist dieser Mensch da oben in Nummer 45. Er denkt, mit seiner Violine könne er zurückerobern, was sein Herr und Meister verloren hat. Und er ist auf dem besten Weg dazu. Alle erliegen sie seinem Dämon, wie einst dem des Bonaparte, er braucht nur die Bretter zu betreten, die Bühnenbretter, welche die Welt bedeuten, und schon geben alle, selbst die Gebildetsten, ihren Geist auf und versinken in dumpfem Wahn von Phantasie und Wollust. Wäre er nur in seinem Italien geblieben, dieser Verruchte, da hätte er seine leicht entflammbaren Landsleute zu lebenden Fackeln seiner Musik machen können und wir wären verschont geblieben; doch nun sei dieser Mensch hier in Deutschland. Knöfel redet sich in Rage, sein Kopf, der sonst gelblich und blass, hat sich bedenklich gerötet. Nun sei dieser Paganini über die Alpen zu uns, den braven Deutschen, herabgestiegen, wie ein Eroberer habe er zuerst die Wiener, die sowieso seit Mozart, Beethoven und Schubert leicht zu verführen seien, um den Verstand gebracht, dann die Prager, und jetzt will er den ganzen deutschen Rest, und dann das übrige Europa, musikalisch zu Boden fiedeln.
Dies dürfe um keinen Preis geschehen, sagt Knöfel. Ob sie erkenne, welche Größe ihre Aufgabe habe, fragt er dann und lehnt sich zurück. Wir brauchen diesen Paganini nicht und dergleichen.

Wir haben unseren Beethoven, den Schubert, den Weber und den Spohr, diesen deutschen Wundergeiger und Kapellmeister. Das Welsche ist uns fremd, Johanna, sagt Knöfel, was da alles aus Italien herübertönt, ist fremder Tand und Flitter, wie diese Rossini-Opern, von denen man gottlob am Dresdner Opernhaus noch nichts gespielt habe.
Kennst du den »Freischütz«? Ja, Johanna – das ist deutsche Musik: rein, klar, fröhlich und beherzt … Er sei vor vier Jahren Ehrengast der Dresdner Erstaufführung gewesen. Weber selbst habe ihn benachrichtigt et cetera. Knöfel ist wieder aufgesprungen, sein Redestrom ist nicht zu bremsen. Ja, glaub es nur, ruft er begeistert, der Weber hat mir durch einen Boten persönlich die Karte bringen lassen, hat sich an mich erinnert, der große Mann, als ich, ein kleiner, unbedeutender Kellner, ihm damals im Jahre 09 oder 10 seinen Lieblingswein kredenzt habe, unten in der Gaststube, einen Weißburgunder aus der Hoflößnitz et cetera. Der Kellner schnalzt mit der Zunge, seufzt, atmet geräuschvoll aus.
Er steht am winzigen Fensterchen seiner Amtsstube und schaut hinaus in die Welt, scheint das Mädchen vergessen zu haben.
Johanna hat kaum zugehört, denn ihre Gedanken kreisen nur um den einzigen Punkt: Sie soll hinauf zum Zimmer 45! Sie soll den Fremden beobachten. Wo sie doch davongelaufen ist vor diesem Menschen und seiner Musik, wo sie nicht einmal in sein Zimmer gegangen ist, die Betten aufzuschütteln und das alte Waschwasser aus der Schüssel wegzuschütten, wie es ihre Pflicht gewesen wäre, wo sie sich so gefürchtet hat und nur noch weg wollte, wo sie das Zittern bekommen hat. Und jetzt soll sie dort hinauf? Aber, denkt sie dann, im Stillen habe sie es ja befürchtet, dass es so kommen würde, als sie reuig und schuldbewusst an Knöfels Tür geklopft habe, irgendwie würde sie ihre Arbeit machen müssen, trotz dieses geheimnisvollen Fremden, dem man auch nachsage, dass er die Frauen und Mädchen zu Dutzenden

verführe. Ja, so gesteht sie sich, im Grunde habe sie keine Wahl, sie müsse gehorchen. Doch dann denkt sie an ihre Freundinnen, an die Marianne, das Küchenmädchen, und an Sophie, die in der Gaststube bedient. Vielleicht könnte sie die beiden überreden, mit ihr auf Posten zu ziehen, vielleicht triebe sie die Neugier, ihr beizustehen. Und gemeinsam sei so eine Aufgabe zu schaffen.
Auf solche Art zuversichtlich und gestärkt, reckt sich die Johanna hoch und sagt mit leiser, aber fester Stimme zu dem Kellner, der noch immer, ihr den Rücken zuwendend, sinnend am Fenster steht:
Also, Herr Knöfel (sie sagt immer »Herr« zu ihm, dem fernen Verwandten, zu dem sie früher, wie sie sich besinnt, auch manchmal »Onkel« hat sagen dürfen) ich übernehme diese Aufgabe! Sie können sich auf die Johanna …, auf mich können Sie sich verlassen und auch die Frau Effenberg kann sich verlassen …
Knöfel steht, wo er steht, und sagt in Richtung Fenster: Ich wusste, Johanna, was wir an dir haben. Also auf denn, ich erwarte morgen deinen Bericht. Und sie solle auf der Hut sein, sagt er noch, dreht sich dabei um, lächelt, dieser Mensch sei Italiener und ein gefährlicher Mann!
Jawohl, fasst der brave Knöfel zusammen, es sei ein delikater und geheimer und schwieriger Auftrag et cetera und sie könne sich weder auf ihn, den Kellner Knöfel, noch auf die Frau Effenberg berufen.
Johanna nickt. Dies weiß sie wohl, sagt sie.

Während im »Hotel de Pologne« solches gesprochen wird, sitzen unweit, nicht einmal zwanzig Kutschfahrtminuten entfernt, in der stadtbekannten Pension »Zum Trompeter« zwei Herren beim Kaffee. Sie könnten nicht unterschiedlicher sein, diese Männer. Der eine, er mag kaum fünfunddreißig Jahre zählen, ist nicht hässlich, eine hochaufgeschossene Gestalt, die noch im Sitzen ihr Gegenüber um Beträchtliches überragt, redet unaufhörlich im schnellen Singsang des Leipziger Dialektes. Seine Bewegungen, die er dazu macht, sind zierlich, beinahe kokett, sein regelmäßiges Gesicht, blass rosa, umrahmt von brandrotem, auffällig borstigem Haar, verändert sich in einem fort – mal zuckt die Nase, mal zucken die Mundwinkel, dann wieder zwinkert er mit seinen blassblauen Augen, wie überhaupt die grässlich roten Haare alle Farbe aus seinem Gesicht, seinen Händen, ja aller Haut gesaugt zu haben scheinen, sein Mund ist so blass wie die Hände, welche von Sommersprossen wie von Splittern getrockneter Malerfarbe bedeckt, beständig in Bewegung sind und das Zucken der Gesichtspartien unaufhörlich begleiten. Dieser junge Mann, Korrespondent der »Allgemeinen Musikalischen Zeitung« aus der Leipziger Grimmaischen Straße, redet seit Minuten unentwegt auf den Herrn, der ihm gegenüber thront, ein, macht manchmal kleine Pausen, um den anderen zu Wort kommen zu lassen.

Dieser andere Mann, um einiges älter als der Zeitungsmensch, also Mitte der Vierzig, sitzt dem Redenden gegenüber und schweigt. Nur wenig in seinem massigen Gesicht, das ruhig, ja hoheitsvoll von der Würde seiner Person kündet, verrät irgendeine Regung. Es sitzt dieser Mann kerzengerade, als hätte er einen Stock verschluckt oder als trüge er eine dieser neumodischen Korsagen, die es nun auch für Herren gibt, und durch seine steife Haltung, durch die Art seines unerschütterlichen Dasitzens wirkt er viel größer als er tatsächlich ist. Seine Stirn kräuselt sich ab und zu, während der andere redet, und er holt dann tief Luft, was seinen Stehkragen und die makellos weiße Halsbinde, die er trägt, grotesk zur Seite schiebt. Er blinzelt mit den Augen, die blaugrau und ein wenig trübe, ja auch vorgewölbt, an den Rändern und Lidern gerötet, nach der Brille zu verlangen scheinen. Doch die, ein rundes schmuckloses Eisengestell, rollt dieser würdige, schwere Herr in seinen Fingern mit einer unbestimmten inneren Erregung, die ihn ergriffen hat, nervös hin und her. Dieser Mann, man ahnt es nicht, denn er sieht einem Apotheker oder Amtmann ähnlich, ist der bekannte Violinvirtuose, Geigenlehrer und Kompositeur Louis Spohr, der bekannte Hofkapellmeister aus Kassel.

Gerade hören wir, wie der Zeitungsjournalist, Herr Adolf Preiswein aus Leipzig, zu seinem Gegenüber sagt: In Prag habe man den italienischen Herrn (er sagt den Namen Paganini nicht!) ja nicht so freundlich begrüßt, man habe sich desavouiert gefühlt, denn den Wienern habe der Herr Paganini nur halb so viel an Eintrittsgeldern abverlangt wie den kunstsinnigen Pragern, wo er sich außerdem öffentlich »Ritter« habe nennen lassen …

Der Hofkapellmeister nickt eifrig, unterbricht, ja ein »Ritter des gespannten Pferdehaares« sei dieser italienische Herr, sagt er und lacht ein dröhnendes Lachen.

Auch der Journalist Preiswein lacht, er nimmt es auf das Lachen seines Gegenübers, als ob er eine Melodie, ein musikalisches Thema übernähme, wie in einem Streichertrio, wenn die Violine die eben gespielten Töne des Cellos aufgreift; er lacht und sagt lachend, das habe er ausgezeichnet gesagt, der Herr Hofkapellmeister, dies müsse er sich merken, ausgezeichnet, wirklich. Ein witziges Bonmot. In der Tat, ha, ha.

Doch dann, von einem Augenblick zum anderen hört das Lachen auf und es bleibt nur das unruhige Zucken in seinem Gesicht zurück, und er redet weiter in seinem munteren Ton. Er sagt, man habe dort in Prag auch diverse Schmähartikel über diesen Herrn »Ritter« lesen können, Texte, wie sie in Wien nicht denkbar gewesen wären. Ob er, der Herr Hofkapellmeister davon wisse und was er dazu sage. Zum Beispiel, sagt Preiswein, bescheinige man dem italienischen Herrn zwar eine große Fertigkeit der linken Hand, doch das könne jeder einigermaßen begabte Geigenspieler, ja jedes Kind sogar mit einiger Übung erreichen, ohne zugleich auch Talent, Genie, Geist, Gefühl oder Verstand besitzen zu müssen, es sei eine rein mechanische Fertigkeit …

Und Preiswein macht eine Pause, während seine wässrigen Augen lauernd in ihren Höhlen hocken und die Hand unruhig den Stift hält, diesen Stift mit moderner Bleifüllung, der darauf zu warten scheint, den vor ihm liegenden Schreibbogen in wildem Tanz mit Worten, Zitaten und Sätzen des berühmten Gegenübers zu füllen. Doch Spohr lässt sich Zeit mit einer Antwort, sagt dann bedächtig und mit geheimnisvoller Bedeutung, ja, ja, die Prager hätten eine feine Beobachtungsgabe und verstünden viel von der Technik des Geigenspiels. Er selbst habe ja, fährt er fort, als Vierzehnjähriger schon, als er einmal von langer Wanderung müde und zerschlagen an einer Mühle vorbeigekommen sei, der Müllerin auf ihren Wunsch ein Thema mit Variationen von Wranitzky vorgespielt, in dem bereits alle jene Kunststückchen vorkamen, mit denen dieser Herr »Ritter« jetzt die Welt entzückt. Es sei keine Kunst, und die ernste und wahre, der er verpflichtet sein sollte, schon gar nicht. Seine Geige wie einen Hund heulen, eine Katze miauen, ein Pferd wiehern zu lassen. Ein ungebildetes Publikum aus Kleinbürgern, Fischern und Gemüseverkäufern, aus Studenten und Müßiggängern freilich, wie man es in den italienischen Kleinstädten vorfände, sagt Spohr, das brächte man in Raserei damit, auch diese Parallelläufe, Doppelterztriller und das Brillieren am Steg, oder die Geige zur Gitarre zu machen, wo die Violine nicht umsonst Streichinstrument genannt werde, all dieser Firlefanz habe keinen künstlerischen Wert ...

Aber, Herr Hofkapellmeister, wagt Preiswein einzuwenden, Paganini habe doch in jüngster Zeit auch beachtliches Kammermusikalisches komponiert und aufgeführt, sein jüngstes Quartetto sei ein solches Stück, das dem späten Beethoven würdig sei.

Ach, das Quartetto in E-Dur meinen Sie?

Spohr lächelt überlegen aus seinem fleischigen, großen Gesicht, ja, es erinnere in der Tat sehr an Beethoven. An einen Beethoven, der sehr krank, der taub war und vom Leben nichts mehr erwartete. Ich sage Ihnen, lieber Herr Preiswein, sagt Spohr schwer

und bedeutend, das ist Musik im Beisein des Arztes, das ist Krankes, das wird die Welt nicht überleben.
Eifrig notiert der Journalist Preiswein die Worte des bekannten Tonkünstlers und Hofkapellendirektors, seine farblose Nase scheint den Papierbogen zu berühren, beinahe so, als fahre sie schnüffelnd den zu schreibenden Schriftzügen voran. Auf einmal fällt ihm ein, dem eifrigen Herrn Preiswein, dass er seine Brille, ein von dunkler Hornfassung gerahmtes auffälliges Monstrum, noch in der Brusttasche verwahre, sie bei all der Aufregung seines Interviews vergessen habe. Verlegen, mit spitzen langen Fingern nestelt er danach, faltet (ja, es muss »Falten« genannt werden) die Sehhilfe auseinander. Er lächelt erleichtert, blickt kurz zu seinem Gegenüber, das den Vorgang mit Milde und Nachsicht beobachtet hat, und schreibt die Sätze zu Ende, wobei seine Zungenspitze wie ein aus dem Munde ragendes drittes Auge das Schreiben von links nach rechts begleitet. Auch dies sieht der Kapellmeister mit einem nachsichtigen Lächeln, ehe er hüstelt, um auf diese Weise anzuzeigen, dass er noch Weiteres zu sagen wünscht.
Preiswein hat den Punkt gesetzt, blickt erwartungsvoll auf.
All den Unsinn, dieses abergläubige Gerede, sagt Spohr, daran könne man als moderner Mensch natürlich nicht glauben, dies seien journalistische Übertreibungen (Preiswein blinzelt irritiert), um den Leser zum Kauf der Zeitungen und zum Schluss die Konzertbesucher in die Säle zu locken. Denkbar sei aber, setzt Spohr hinzu und lächelt, dass Paganini selber hinter diesen Gerüchten stecke, um sich eine gute Presse, volle Säle und einen gefüllten Geldbeutel zu besorgen.
So? fragt Preiswein mit einem Lächeln und notiert sich was. Dies ist also Ihre Vermutung, verehrter Herr Spohr, Paganini selbst stecke hinter all diesen Gerüchten und Geheimnissen um seine Person? Spohr antwortet nicht sofort, gleichmütig schauen seine Augen aus dem fleischigen, großflächigen Gesicht, dann senkt er

die schweren Lider, betrachtet seine Fingernägel, die kurz, wohlverschnitten und poliert glänzen.
Zwei Tage schon sei der Herr Virtuose hier in der Residenzstadt an der Elbe, aber seit seiner Ankunft habe ihn niemand mehr gesehen, nicht einmal im Hotel, wo er abgestiegen, zeige er sich. Ein Rätsel. Manchmal erklinge seine Geige hinter der Tür, sagt man, dann wieder sei albernes Gekicher, Kinderlachen, italienische Flüche und seine bekannten Tierstimmen zu hören. Er selber aber lasse sein Gesicht, das leichenblass und einer Totenmaske ähnlicher sei als einem lebenden Menschen, nicht in der Öffentlichkeit sehen, dieses Gesicht, das einem Südländer, der ja Herr Paganini nun einmal sei, wo Sonnenbräune und jener rote Glanz auf den Wangen das Normalste von der Welt sind, so gar nicht entspräche.
Paganini nähre die Gerüchte selber und das Gassengemurmel. Müsse man da nicht glauben, was gesagt werde, er trage eine Alraune in der Tasche, mit deren Hilfe er den Teufel in seine Geige gebannt habe, damit er alle Reichtümer dieser Welt erspiele, oder noch Ärgeres, wie solches, was die hochachtbare Schauspielerin Karoline Bauer überall herumerzähle, er habe sich in seinen Jugendtagen schon durch einen Mord dem Satan ergeben und dafür die Wundergeige erhalten, aus der er nun mit einem Zauberbogen Töne herbeilocke, wie sie noch keine ehrliche Menschenhand je gegeigt.
Und so fordere er, sagt Spohr mit leiser aber eindringlicher Stimme, während Preiswein eifrig und glänzenden Auges mitschreibt, indem er solches und noch mehr um seine Person verbreiten lasse, ja es womöglich selber befördere, durch Schweigen, Verhüllen und Sich-selten-und-rar-Machen, so kitzele er die lüsterne Neugier und mit ihr die niedrigsten Instinkte und die Wollust der Menschen heraus. Koste es, was es wolle, den Wochenlohn einer gut situierten Familie oder mehr: Man müsse dieses lebende Gerücht, diesen geheimnisumwitterten Menschen leibhaftig sehen und erleben.

Es ist doch eine alte Geschichte, sagt Spohr väterlich zum kritzelnden Journalisten Preiswein, der nicht aufzublicken wagt, um ja kein Wörtlein zu verpassen, eine alte, uralte Geschichte, Herr Preiswein, die schon in der Bibel zu finden ist, eine alte Geschichte, wiederholt der Kapellmeister, ja, ja – er macht eine Pause, um dem Journalisten die Möglichkeit zu geben, seine gesprochenen Worte mit dem Stift einzuholen – je größer das Geheimnis, je unwahrscheinlicher das Unwahrscheinliche, je größer die Neugier auf Verruchtes und Verdammtes, desto sicherer werden sie die Menschen verlocken, und sie werden ihnen folgen, wohin sie auch wollen.

Und dies ist das Prinzip des famosen Herrn aus Genua.

Er will die Leute an ihrer Neugier und nicht an ihren Ohren in die Konzertsäle locken, um sie dann zu melken, bis sie das letzte hergeben, um ihn, den Leibhaftigen zu sehen. Zu sehen! Herr Preiswein, merken Sie auf: Auf die Neugier, also auf die Augen setzend, diesem unzuverlässigsten aller menschlichen Organe, die Augen! Denn was sieht man nicht alles, ohne es wirklich gesehen zu haben. Aber, Herr Preiswein, er lockt sie, die Zuhörer, nicht mit den Ohren. Niemals mit den Ohren! Denn erst sehen die Leute, ehe sie hören!

Der Mensch sieht, was er hört, immer sieht er erst, ehe er hört, und nur Gesehenes ist auch Gehörtes. Darauf vertraut er, dieser italienische Schlawiner! Sie kommen zuerst, ihn zu sehen, denn er muss ja heraus und auf die Bühne, ehe er den ersten Ton spielen kann, und in dieser Minute machen sich die Leute ihr Bild und hören dann, was sie zuvor gesehen haben. Und wenn sie erst gesehen haben, hören sie nur das Gesehene. Sie sehen das Gerücht, sie sehen den Teufel, und es öffnet sich ihr Herz und ihr Hirn für den Satan, der dann mit der Leichtigkeit schmelzender Töne, wirbelnder Passagen in sie eindringt.

Verstehen Sie, Herr Preiswein, was ich meine?

Der Journalist schreibt und schreibt, schreibt immer weiter, run-

zelt die Stirn, blickt irritiert auf. Man sieht ihm an, dass er geschrieben hat, schneller als die Gedanken ihm folgen konnten, denn eine steile Falte bleibt wie ein Fragezeichen auf seiner Stirn zurück, als er sein Gegenüber ungläubig anlächelt.
Erst sehen, dann hören? fragt er, das Gesehene – ein Hörbild?
Genau, Sie haben es getroffen, Verehrtester. Spohr lacht breit und schwer. Und ich will Ihnen noch etwas sagen, fährt er fort: So kommt es, dass die wenigsten in seine Konzerte kommen, weil sie etwas von Kunst verstehen oder etwa Kunst hören wollen, nein, sie kommen, weil sie dabei sein wollen, wenn der berühmte Mörder und Zauberer auftritt.
Das ist es, Verehrtester!
Bei mir, lieber Herr Preiswein, kommen die Leute der Kunst wegen. Bei mir erleben sie keine Sperenzien, keine Späße, bei mir bleibt die Kunst eine ernste Sache, da hören sie nur Musik und sonst nichts, nichts als die reine Musik! Verstehen Sie? Da gibt es nur den sauberen Geigenton, exakt getroffen und klar, keine Glisanti, wie bei diesem Herrn, der auf dem Steg hin und her rutscht bis er den rechten Ton getroffen hat. Bei mir, Herr Preiswein, da sehen Sie, wie die Geige zu halten ist, nicht die Arme an den Körper gepresst und den linken Ellenbogen auf die Hüfte gestützt, wie es Herr Paganini liebt. Bei mir gibt es die reine Kunst und eben nichts als Musik …
Preiswein nickt und notiert. Die Kunst, nichts als Musik, lispelt er zwischen den Zähnen, während sein Stift übers Papier tanzt.
Spohr redet weiter: Dieser Paganini käme wie ein Marionettengespenst auf die Bühne geschlurft, man sähe unfreiwillig, ob man wolle oder nicht, an diesem Gang, dieser Körperhaltung die Folgen jahrelanger Fußfesseln und Galeerenhaft, und dann sein Anzug, verschlissen und aus der Mode des vergangenen Jahrhunderts, schäbig, einfach schäbig.
Wenn er dagegen, der Hofkapellmeister, der er sei, die Bretter beträte, die auch in der Musik die Welt bedeuteten, dann geschähe

das immer im tadellosen Frack, nach neuester englischer Mode, und aufrecht, immer aufrecht, mein Lieber, da wird nicht geschlurft oder gehinkt. Jawohl! Selbst wenn ich mir den Fuß vertreten hätte, bester Preiswein, sagt Spohr fröhlich, käme ich aufrecht und schleifte keinen Knöchel nach, ha, ha. Schon damals in Leipzig, es mögen jetzt fast fünfundzwanzig Jahre her sein (da saßen Sie, lieber Preiswein, noch auf Ihrem Schaukelpferd!), hat der Hofrat Rochlitz mein Spiel mit den Worten gelobt – Spohr ist, obwohl noch jung an Jahren, neben Rode einer der vorzüglichsten Violinisten unserer Zeit!
Preiswein neigt ehrerbietig seinen Rotschopf, denn er weiß, der Hofrat Rochlitz ist einer der Gründungsväter der Leipziger »Allgemeinen Musikalischen Zeitung«, ein Heiliger beinahe, der viel dazu beigetragen hat, das Blatt in ganz Europa berühmt zu machen. Die meisten Musikinteressierten, viele Musiker von Rang kennen die Artikel und fürchten seither Kritik und Rezensionen.
Ja, fährt Spohr fort, ich spielte in Leipzig mein d-Moll-Konzert gleich zweimal hintereinander, weil es so gefiel. Der gute Rochlitz sei ins Schwärmen gekommen, sagt Spohr jetzt, und ihm glänzen Auge und Wange. Zu dem d-Moll-Konzert gäbe es keinen Vergleich, hat er, lieber Preiswein, in Ihrer Zeitung geschrieben, sowohl in Hinsicht der Erfindungsgabe, der Seele und des Reizes, wie auch was Gründlichkeit und Strenge der Form anginge.
Spohr sagt: Und dies sei das Wichtigste in jeder Kunst, dass wir die Form und die Gründlichkeit der Ausführung wahren. Damals schrieb Ihr Herr Hofrat, lieber Preiswein, dass ich, der junge Spohr, schier alles könne, dass ich aber erst durch die Richtigkeit, die vollkommene Reinheit des Spiels, die Präzision, die ausgezeichnetste Fertigkeit, alle Arten des Bogenstrichs auszuführen und schließlich durch die Beseeltheit meines Geigenspiels alle für mich gewänne.
Alles dies finden Sie bei dem Italiener keineswegs.

Denn da ist südliches Feuer ohne Seele, nur die Zurschaustellung einer akrobatischen Spieltechnik, da ist Kindhaftes, Verspieltes, die großen Gesten italienischer Hysterie. Nicht das feine Geistige finden Sie bei ihm, wie es uns Deutschen eigen ist. Er hat keine Disziplin, der Mann. Und: Wahres Künstlertum ist zu neunzig Prozent Disziplin und Fleiß. Ihm aber fliegt es zu, und was ihm nicht zufliegt, lässt er beiseite. Haben Sie ihn schon einmal einen Mozart oder Haydn spielen hören.

Er geigt ausschließlich Eigenes, weil er nichts anderes kann …

Aber, man sage doch, wagt Preiswein einzuwenden, dass ihm einmal, noch in Italien, der Kreutzer (oder war es ein anderer?) Noten unter die Augen gehalten habe, die er zuvor noch nie gesehen, und er habe fehlerfrei und ohne abzusetzen das Stück heruntergespielt. Und unser alter Mozart, dies verehrter Herr Spohr muss ich zumindest anfügen dürfen, unser lieber Amadé hat auch immer nur Eigenes gespielt, von frühesten Kindesbeinen an, vielleicht manchmal etwas vom strengen Vater, wenn er musste, wie er ebenso für seine Ungebärdigkeit und Disziplinlosigkeit bekannt ist, unser aller Mozart …

Spohr macht ein säuerliches Gesicht, und man sieht ihm an, dass er am liebsten ein »Papperlapapp« entgegnet hätte. Doch er antwortet: Mozart und diesen Italiener in einem Atemzug zu nennen ist fast eine Blasphemie. Und doch ist es so: Seit fünfzehn Jahren spiele Paganini ausschließlich eigene Kompositionen, wobei er allein schon durch das Wort *Komposition* eine Aufwertung erfahre, denn was sei denn dieses »La Campanella« (das Glöckchen), worüber die Wiener im vergangenen Jahr fast wahnsinnig geworden wären, Besonderes? Folgendes geschähe, sagt Spohr: Im Orchester schlüge einer aus der hintersten Reihe auf eine kleine Glocke, ping, ping! – er, Paganini, vorn auf dem Bühnenrand ließe ein Flageolett auf der e-Saite hören, stoße zweimal mit dem Bogen von unten hinauf, so dass es entfernt dem Ton einer Glocke ähnele, aber nur entfernt eben, denn es seien nur zwei Flageolett-Töne

auf der Geige. Mehr nicht! Und diese zwei Töne, die ihm hier in Deutschland jeder Violinschüler nachmache, seien das ganze Glockenspiel. Und dazu eine Bogenführung, so elend, dass ein Zigeuner aus dem hinteren Banat es besser verstünde …
Und Preiswein schreibt, während er mit vorgewölbtem Mund die Worte zischelt … »Zigeuner … Banat … Bogenführung«
Spohr indes zieht eine große, blinkende und tickende Taschenuhr, betrachtet sie liebevoll, zeigt sie dem neugierigen Reporter. Sehen Sie, sagt der Hofkapellmeister, das ist ein Geschenk meiner lieben *Rosa Alberghi*. Diese Uhr ist so alt wie meine Erinnerung an meinen ersten Dresden-Aufenthalt vor fünfundzwanzig Jahren, als ich hier durch die Vermittlung ihres Vaters gastierte, und dann in ihrer Begleitung weiter nach Berlin gereist bin …
Spohrs Augen glänzen. Ein Lichtstrahl, der das Uhrengehäuse erreicht hat, spiegelt sich in ihnen. Der Kapellmeister schweigt.
Und Sie werden heute Abend, fragt Preiswein leise, tatsächlich, trotz alledem nicht in der Oper sein, um dem Konzert Paganinis beizuwohnen? Der König sogar habe sein Kommen zugesagt, wie bekannt sei …
Der Hofkapellmeister lächelt. Schwer, langsam, wie bei einem Eulenvogel, senken sich die Lider, ehe er mit einem Seufzer antwortet:
Der König!? Ach ja, der gütige Anton. Früher, als er hier aufgetreten sei, vor fast fünfundzwanzig Jahren, da habe der noch besser gehört, und da sei er auch noch nicht Witwer gewesen. Preiswein blickt verwirrt auf. Für den Moment weiß er nicht, wen Spohr mit »Witwer« gemeint haben könnte – den König oder sich selber.
Spohr nickt feierlich. Es geht um die Kunst, mein Lieber, sagt er hintergründig, da muss man sich jedem Zwang unterwerfen, jedes Opfer bringen, aber man muss auch im rechten Moment entsagen können. Nein, er werde nicht da sein, sagt er noch einmal, und eine geheimnisvolle Feierlichkeit strahlt aus seinem fleischigen Gesicht.

In der Loge eines meiner Freunde hätte ich sitzen sollen.
Ja. Man hat mich eingeladen, ergänzt er, und faltet die großen Hände vor dem Bauch. Aber, so sagt er mit einigem Nachdruck, er habe diesen italienischen Zaubergeiger in Wien gehört, im vergangenen Jahr, ein einziges Mal habe er ihm zugehört, und das genüge vollkommen. Ein zweites Mal sei gar nicht nötig, nein, nein, sagt er, er wolle von hier gleich mit der Morgenpost weiter nach Bad Teplitz.
Eine Kur benötige er und keinen italienischen Geiger. Er müsse etwas für seine Gesundheit tun, die sei ihm wichtiger als alle Paganinis dieser Welt.

2. KAPITEL

Johanna Kleditzsch kniet vor dem Schlüsselloch und versucht, etwas zu sehen. Mit ihren kleinen, derben Händen, die sie links und rechts an die Schläfen gelegt hat, einen Spähtunnel bildend, schützt sie sich gegen das spärliche, aber ihre Beobachtung störende Licht der Zimmerflucht.

Sie kniet, und ihr ganzer Körper unterstützt durch Anspannung und Bewegungslosigkeit ihr Spähen. Aber sie sieht nichts, was interessant wäre, und sie hört auch nur undeutlich Geräusche, die aus dem Zimmer an ihr Ohr dringen. Der Fremde hat offenbar die Geige aus der Hand gelegt, er spricht in seiner fremden Sprache leise und, wie es Johanna scheint, zärtliche Worte. Ob er mit seiner Violine redet, überlegt die junge Spionin. Ab und zu geht ein Schatten drinnen vor dem Schlüsselloch vorbei, und Johanna erschrickt jedes Mal.

Sie hat schon vieles durch Schlüssellöcher gesehen.

Seit sie Kind war, jetzt ist sie achtzehn, hat sie in Schankwirtschaften und Pensionen der Stadt gedient. Drei Jahre ist sie schon im »Pologne«. Sie hat das Frühstück auf die Zimmer getragen, morgens die Betten der Herrschaften gemacht, in denen Männer und Frauen, mal einzeln, mal zusammen, geschlafen haben. Sie hat die übelriechenden Waschkrüge und die Nachttöpfe entleert. Sie hat viel gesehen und sich nicht gewundert. Die Herrschaften seien nun einmal so, hat sie gedacht, Frauen säßen oft stundenlang vor dem Spiegel, Männer beschnitten sich Bart und Nägel.

Manche bürsteten ihren Frauen die Haare, andere kümmerten sich nicht um sie. Manchmal pissten sie nicht in den Nachttopf, sondern in eine Zimmerecke oder die Blumentöpfe. Auch die feinen Herrschaften machten das. Die Frauen ließen ihre blutfleckigen Tüchlein unter dem Bett liegen, manche söffen noch mitten in der Nacht ganze Krüge Wein und schlügen voller Verzweiflung an Wände, Türen und Fenster, weinten über Briefe, läsen Bücher und weinten auch darüber. Ja, so zeigen sich die Menschen, wenn sie sich unbeobachtet wähnen – durchs Schlüsselloch.

Doch bei diesem hier war es von Anfang an anders gewesen. Sie ist nicht in sein Zimmer gegangen, weil sie sich gefürchtet hat. Sie ist vor seiner unheimlichen, Angst machenden Musik ausgerissen, und doch hat es sie zurückgezogen, zuerst zum Knöfel und nicht nur, weil sie um ihre Beschäftigung gebangt hat, nein, auch, weil sie wieder hierher zurück wollte, so wie sie jetzt vor diesem Schlüsselloch kniend denkt. Dieser Unbekannte, dieser Teufelsgeiger, wie alle sagen, aus Italien, hat eine unbekannte Anziehungskraft auf sie. Warum weiß sie nicht. Sie hat ihn nicht zu Gesicht bekommen, seit er im »Pologne« logiert. Sein Reisesekretär, dieser kleine unangenehme Mensch, Harrys soll er heißen, erledigt alles für ihn, bringt das Essen, lüftet das Zimmer, hat sich sogar vom Knöfel neue Bettwäsche bringen lassen, und, seltsam, ein Milchfläschchen auch.

Johanna kniet, späht und lauscht. Plötzlich sieht sie etwas, ihre Ohren färben sich rot.

Sie sieht den Fremden.

Er steht nur ein paar Meter ab von der Tür. Sein Gesicht ist ernst und schmal, es hat keinerlei Farbe, strahlt weiß und wächsern, wie bei einem Toten, schwarze, lockige Haare fallen ihm in die hohe Stirn. Doch die Augen, Johanna zittert, seine Augen haben einen seltsam glitzernden Glanz. Sie sind schwarz wie die Haare. Und Johanna fallen die Geschichten ein, die man von ihm in der Stadt erzählt. Sie kennt nur wenige, es wird viel geredet, aber, was sie gehört hat, das wenige, hat sie erschauern lassen, und daran denkt sie jetzt. Er soll seine Geliebte in rasendem Zorn erwürgt haben, und dann soll er aus ihrem Körper den Darm genommen … – nein, das glaubt sie nicht, die Johanna, dies sei allzu grauselig. Jetzt wendet er sich um, der Mann im Zimmer, eine helle Stimme hat ihn gerufen, *babbino,* oder so ähnlich hat es geklungen, dieser Ruf, der sich wie eine Kinderstimme anhörte.

Johanna erschrickt. Ihr Herz rast. Sie kennt die Bibelgeschichte vom kinderfressenden Moloch. Vielleicht ist es aber auch das Kind des Fremden, beruhigt sie sich. Er soll ja so ein kleines Bündel bei sich getragen haben, als er ankam. Ein Kind! Das könnte ein Kind, sein Kind, gewesen sein.

Ihm sollen die Frauen nachlaufen, denkt Johanna kniend, sie sollen in Ohnmacht fallen, besonders die feinen Damen, wenn sie sein Geigenspiel hören, wird überall erzählt, und mit der Schwester Napoleons soll er verlobt gewesen sein.

Was mögen die Frauen wohl an ihm finden? Warum sie ihn nur lieben? Viel eher fürchten müsste man sich vor ihm, denkt Johanna, und ihr fallen seine Blässe und die funkelnden Augen ein. Doch sogleich denkt sie weiter: Was wohl dieser Fremde aus Italien außer seinem Geigenspiel alles könne? Neugier kitzelt sie. Was es nur sei? denkt Johanna und drückt ihre Nase an das Türholz und das Auge gegen das kalte, metallene Schlüsselloch. Denn schön sei er nicht, dieser Fremde, eher furchterregend. Ja, wirklich furchterregend.

Der Herrmann, ein Goldschmiedegeselle aus der Weißen Gasse, der manchmal auf ein Bier herüber in das »Pologne« käme, wegen ihr, der Johanna, wie die Ernestine aus der Küche immer kichernd behauptet, der sei schön. Habe fröhliche blaue Augen und ein blondes Bärtchen, lache viel, kniff der Ernestine, dem Schandmaul, auch mal ins Hinterteil. Der Herrmann sei schön. Jawohl.

Auch ihr verstorbener Onkel Paul sei ein schöner Mann gewesen, erinnert sie sich, wie der seinen Bart gezwirbelt habe oder sich mit einer eleganten Geste über den Uniformrock strich. Das sei ein Mann gewesen. Auch der Hofrat Gerlich sei ein schöner Mann, so weißhaarig und mit feinen gepflegten Händen, ringgeschmückt, und er rieche immer so wunderbar nach edlen Duftwässern, ach, sie kenne deren Namen nicht, aber so müsse ein schöner Mann duften.

Johanna denkt, dass sie etwas von Männerschönheit versteht.

Aber dieser Fremde hier? Der sei von ganz anderer Art, vollkommen anders, was sonst Frauen gefällt. Schauerlich schön wie der Teufel, denkt Johanna und schmunzelt über ihren Einfall, so dass sie ein Stück vom Schlüsselloch zurückweichen muss, um nicht hineinzulachen. Ein schwarzer abscheulicher Teufel! Und doch auch wieder nicht. Sie hat so ein Gefühl, wenn sie an ihn denkt und sich ihn vorstellt, so ein Gefühl von Anziehen und Abstoßen, von Neugier und Furcht, von etwas Wildem und unendlich Zärtlichem, alles zur gleichen Zeit. Sie weiß es nicht genau.

Also späht sie, und jetzt sieht sie ihn wieder. Er hat ihr das Profil zugekehrt. Er ist unrasiert. Blauschwarze Schatten dunkeln die Wange. Um seinen Mund erkennt sie jenen Zug, den sie einmal bei einem Verbrecher gesehen hat, als der von einem Gendarmen öffentlich abgeführt wurde, so einen Zug harter Entschlossenheit und Kühnheit, so einen Zug Verachtung und Spott. Der Fremde kommt auf die Tür zu. Er redet irgendwas. Johanna fährt auf und tritt einen Schritt zurück.

Da stößt sie an etwas Weiches. Sie erschrickt, hält sich die Hand vor den Mund: Ernestine, du?

Vor ihr steht das Küchenmädchen, eine rotwangige Blonde, kaum älter als sie selbst. Ernestine kichert leise. Johannas Augen verdunkeln sich. Was willst du hier? Ich suchte dich, antwortet Ernestine. Der Knöfel, flüstert sie, hat gesagt, dass du vielleicht hier oben wärest. Auf Posten, hat er gesagt. Was meint er damit?

Der Knöfel?
Genau der.
Ich hab einen Auftrag, sagt Johanna knapp.
Einen Auftrag?
Johanna nickt: Ich soll aufpassen!
Auf den da? flüstert das Küchenmädchen.
Ja, sagt Johanna.
Und da schaust du durchs Schlüsselloch? Bei einem Gast? Johanna nickt wieder: Gehört dazu, sagt sie. Herr Knöfel weiß das. Und ob sie etwas gesehen habe, will Ernestine wissen. Johanna zuckt mit den Schultern, blickt zu Boden. Lass mich auch schauen, bittet Ernestine. Johanna hat nichts dagegen. Aber sei vorsichtig, flüstert sie.
Ernestine hockt sich vor der Tür nieder. Ihr blauer Rock bauscht sich, das weiße Schürzenband schleift auf dem Holzfußboden. Siehst du was, fragt Johanna flüsternd hinter ihr. Ernestine schüttelt den Kopf. Nach einer Weile, die Johanna wie eine Ewigkeit vorkommt, fragt sie noch einmal und berührt ihre Freundin an der Schulter. Die presst ihr Auge an das Schlüsselloch, ihre Hände hat sie zu Fäusten geballt. Sie zittert vor Aufregung, dann erhebt sie sich mit einem Aufstöhnen, bekreuzigt sich, denn sie ist eine fleißige katholische Kirchgängerin.
Na, was hast du gesehen? will Johanna wissen. Ernestine flüstert ihrer Freundin ins Ohr: Einen Mann! Einen schwarzgelockten Mann mit nacktem Oberkörper.
Unsinn, widerspricht Johanna, er hat ein weißes Hemd an. Hab's genau gesehen.
Schau doch selbst, triumphiert Ernestine. Johanna kniet nieder und späht. Tatsächlich, der Mann da drinnen geht im Zimmer hin und her, und er hat einen nackten Oberkörper. Mager sieht er aus, jede Rippe wölbt einzeln die Haut, sein Brustkorb ist eingefallen und ausgemergelt. Er wirkt krank. Johanna steht auf. Sie ist enttäuscht und denkt an den Herrmann. Der sähe ohne Hemd

bestimmt nicht so aus. Du hast Recht, flüstert sie zu Ernestine. Ob er krank ist? Vielleicht lässt er sich deswegen nicht sehen. Ein unbestimmtes Mitleid ergreift sie.
Der soll mit dem Teufel im Bunde sein, wie man in der Stadt erzählt, sagt Ernestine mitten in Johannas Gedanken hinein, aber das glaube sie nicht, der könne ja nicht mal einer richtigen Frau gefallen, redet sie weiter, oder vielleicht nur solchen Fräuleins, die selbst so blass seien und alle Augenblicke in Ohnmacht fielen. Oder ob es von seiner Musik käme, dass er so aussähe? Johanna zuckt mit den Schultern. Sie widerspricht ihrer Freundin. Und obwohl sie ihr Recht gibt wegen des mageren Oberkörpers sagt sie: Nein, dieser Fremde sei etwas Besonderes, das spüre sie ganz deutlich. Der sei nicht so wie andere Männer. Es gäbe Weichlinge und Muttersöhnchen, Großmäuler und Angeber, Trottel und Gleichgültige gäbe es, auch Schönlinge und Selbstverliebte, Gnadenlose und Brutale, alles dies sei dieser Fremde nicht.
Ernestine steht und staunt. Wie sie, die Johanna, jetzt spräche, sagt sie flüsternd, ganz so, als habe sie sich verliebt. Ernestine kichert.
Ich, und verliebt? Johanna tippt sich an die Stirn. Nie und nimmer.
Da schreit Ernestine plötzlich auf. Die Tür ist hinter Johannas Rücken aufgegangen und zwischen den Türflügeln steht, hoch, schmal, unrasiert, verlegen lächelnd, blinzelnd, mit nacktem Oberkörper – der fremde Mann.
Die beiden Mädchen weichen gegen die Wand, gegen das mit einer durchscheinenden Gardine verhangene Gangfenster zurück. Sie starren mit offenen Mündern. Der Fremde geht einen Schritt auf sie zu. Er blickt auf die Mädchen wie ein Herr, der seine Dienerinnen bei etwas Verbotenem ertappt hat, aber da ist auch Scham und Scheu, eine verlegene Unsicherheit. Plötzlich blitzt Spott in seinen schwarzen Augen. Er deutet einen Kratzfuß an. *Oh, perdonino, signorine,* sagt er und wendet sich einzeln an die

Mädchen, zuerst an Ernestine und dann an Johanna. Weiter spricht er, in seinem Genueser Italienisch, er wisse nicht, dass Sie zu ihm wollten. Was er für die Damen tun könne?
Die Mädchen stehen eng beieinander.
Sie verstehen kein Wort, aber sie spüren, dass der Mann nur Theater spielt, dass er nur eine Geste zeigt, nicht ernstlich böse ist. Der Bann ist gebrochen, der erste Schrecken überwunden. Ernestine hüstelt als Erste, dann auch Johanna. Doch sie sagen nichts. Sie blicken zu ihm auf. Er überragt sie um fast zwei Köpfe. Lange stehen sie sich so gegenüber, schauen sich in die Augen, stumm, bewegungslos. Dann, ohne irgendeinen Übergang, fängt der Fremde an zu lachen. *Madonna,* sagt er und lacht, *una scena pazza!* Es lachen seine Augen, Lachfältchen zeigen sich, Fältchen seiner blassen Haut, wie zerknitterter Satin um schwarze Diamanten, es sprüht daraus, Lichtblitze und tanzende Pünktchen, die lang gebogene Nase zittert. Den Mund hat er geöffnet. Zähne zeigen sich, schlechte, gelbe Zähne. Er lacht, klatscht in die Hände vor Vergnügen. Das Blitzen seiner Augen fasziniert die Mädchen. Es ist, als würde ein Feuerwerk aus Funken und Fackeln den düsteren Gang erhellen. Sie fühlen sich angezogen, staunen, können sich nicht losreißen.
Die beiden Mädchen stehen beisammen.
Ernestine faltet die Hände: Oh, Gott! flüstert sie. Der Mann schweigt so plötzlich, wie er zu lachen begann. Mit einer jähen Gebärde fasst er sich an seinen nackten Bauch.
Georg, *una cosa così può succedere. Presto! Veloce!* Ein hässlicher kleiner Mensch taucht in der Tür auf, verschwindet wieder und erscheint sofort wieder mit einem Hemd, das er dem Fremden um die Schultern legt. Mit einem bösen Blick auf die Mädchen verschwindet er wieder im Zimmer. Der große Fremde zieht sich das Hemd zurecht, fährt umständlich in die Ärmel, lächelt dabei wie ein verlegenes Kind, fragt auf Italienisch zu den Mädchen: Wer von euch beiden kam auf die Idee, durchs Schlüsselloch zu

spionieren? Sie verstehen ihn nicht, stehen immer noch verschreckt, schweigen, halten sich an den Händen. Der Mann wiederholt seine Frage: Na, wer war es? Ich höre!
Unbeweglich stehen Ernestine und Johanna.
Wieder fragt der Fremde: Ich höre? Und da scheint Ernestine zu verstehen, natürlich kann sie kein Italienisch, aber sie ahnt, dass der Mann wissen will, wer von ihnen beiden dahinterstecke, an seiner Tür zu lauschen und durchs Schlüsselloch zu spähen. Sie tritt einen Schritt von ihrer Freundin weg, sagt: Die war es! Zeigt auf Johanna. Die Johanna! Ich hab nichts damit zu tun.
Johanna wird rot, sie senkt ihren Blick. Der Mann tritt einen Schritt zurück, winkt mit der Hand, beugt den Zeigefinger: Komm her! Na, so komm doch her zu mir.
Johanna rührt sich nicht. Dann, die Hände auf dem Rücken, die Finger ineinander verhakt, geht sie zögernd auf den Fremden zu. Sie sieht den roten Holzdielenfußboden, der Abstand zwischen ihr und Paganini verkleinert sich zu einem schmalen Band von nicht einmal einem halben Meter, sie sieht die Schuhspitzen des Mannes auf sich zukommen und denkt: Gleich wird er mir eine runterhauen!
Ernestine nutzt die Gelegenheit und rennt davon. So schnell sie ihre Beine tragen, saust sie den Gang entlang zur Treppe hin. Ihr blauer Rock weht wie ein Fähnlein.
Johanna schaut auf, sie steht vor dem Mann. Sie blicken sich an. In seinen dunklen, fast schwarzen Augen sieht sie winzig und verbogen ihr Gesicht. Johanna hüstelt. Sie wartet auf die Strafe.
Seine gute Laune von eben noch scheint tatsächlich verschwunden, kalte Wut bemächtigt sich seiner. Zwischen den Zähnen presst er auf Italienisch hervor: Oh, wie liebenswürdig von Ihnen, meine Dame! Er deutet eine Verbeugung an, sagt, kaum dass ich in Ihrem kalten Lande angekommen bin, werde ich schon mit der deutschen Höflichkeit konfrontiert. Man observiert mich, ob ich nicht Verbotenes tue. Ihr Land ist ja das Land der Verbote! Alles,

was mit der Liebe und dem Leben zu tun hat, ist verboten hier. Und man hat Angst. Ich sei des Teufels, wird gesagt, weil mein Spiel keiner erklären kann, ich behandle meine Geige mit Zaubermitteln, weil ich so anders darauf spiele als ihr einfallslosen Deutschen, weil ich nicht da stehe wie ein Soldat, so kerzengerade geschniegelt, die Violine nicht im rechten Winkel vom Körper halte, und ich sei ein Mörder, sagt man, der Frauen mordet, ein Lustmörder, sagt man auch, sei auf der Galeere gewesen und jahrelang im Gefängnis ... *una persona sospettabile!*

Er macht eine Pause und blickt Johanna in die Augen.

Die hat nichts verstanden, kein Wort, oder doch, denkt sie entsetzt: *diavolo!* Dieses Wort hat sie herausgehört und erinnert sich:

Der Teufel! Oh, mein Gott, ist er also doch ein Teufel!?

Doch wie gebannt steht sie, denkt nicht ans Wegrennen. Paganini macht indes wieder eine Verbeugung, fragt: Wie heißt du? Johanna sagt nichts, dann versteht sie, als er die Frage wiederholt, sanfter, vertraulich. Wie heißt du? Weich klingt das *chiami*.

Sie versucht einen Knicks, antwortet: Ich heiße Johanna!

Che bello! klingt es aus dem Mund des großen Mannes zurück.

Er streckt die Hand vor mit einer Geste vollendeter Eleganz, wie sie Johanna nur ein- oder zweimal bei ganz vornehmen und feinen Leuten gesehen hat. Sie legt ihre kleine gerötete Arbeitshand in seine feingliedrige, langfingrige, und sie tut das, ohne zu überlegen. Einfach so. Der fremde Mann neigt seinen Kopf und Johanna spürt seine Lippen auf ihrer Hand. Sie zuckt nicht, sie rührt sich nicht. Und sie denkt, es ist eben so. Paganini sagt: Ihr Deutschen wisst nicht, was Eleganz und Höflichkeit ist. Jede Frau, und sei sie noch so jung und so arm, wie ich einst gewesen bin, ist eine Königin. Frauen werden irgendwann Mütter, eine jede könnte eine Madonna sein, Frauen leben die Liebe, Frauen sind die Liebe. Er sagt das, und er weiß, das Mädchen kann ihn nicht verstehen.

Und doch versteht Johanna den fremden Mann. Sie spürt, was er sagt, und die italienischen Worte umhüllen sie wie der Hauch eines teuren Parfüms. Sie fühlt sich wohl in seinen Worten.
Paganini sagt: Fürchte dich nicht vor mir. Ich bin kein Teufel. Ich bin ein kleiner, armer Junge gewesen in Genua, und ich hatte einen strengen Vater. Und als er das Wort »papà« sagt, nickt Johanna eifrig. Auch sie hatte einen Vater, doch der ist schon lange tot. Flüchtig denkt sie an ihn und an ihre Mutter, die er geschlagen hat, wenn er betrunken war. Und er war viel betrunken, der Vater, seit er das kaputte Bein hatte vom Krieg mit den Franzosen und keine Arbeit.
Der Mann hält noch immer ihre Hand.
Es ist eine große, weiche Männerhand, sie fühlt sich an wie glattes edles Leder. Und aus dieser Hand strömt auf einmal, das fühlt das Mädchen, eine sonderbare Wärme in ihre Adern. Da ist etwas von diesem Funkenregen, der aus den Augen des Mannes sprüht, etwas Kribbelndes, Elektrisierendes. Und da ist Wärme, aber nicht die Wärme eines Ofens im Winter oder der Sonne an heißen Sommertagen, sondern eine pulsierende Wärme, die sich wohlig in ihr auszubreiten beginnt. Johanna hat nun keine Furcht mehr, sie fühlt, dass sie keine Strafe bekommen wird.
Du brauchst dich nicht zu fürchten, sagt Paganini zu dem Mädchen, und auf einmal zieht er sie an sich. Johanna lässt es geschehen, als säße sie beim Barbier und befolgte die Anordnungen. Du bist die erste deutsche Frau, das erste Mädchen hier, verbessert er sich und weiß, sie kann ihn nicht verstehen, dass ich in meinem Arm halte. Nein, sie versteht den fremden Mann nicht, und doch hat Johanna unendliches Zutrauen erfasst, seine Worte gleiten an ihr herab wie warmes, parfümiertes Wasser. Sie fühlt sich so wohl, so unendlich wohl. Küss mich, sagt er. *Baciami!* Komm küss mich! Sie versteht ihn nicht, und doch weiß sie, was er meint. Aber sie hat noch nie einen Mann geküsst, und so bleibt sie vor ihm stehen, stocksteif, schaut ihn einfältig an, wartet.

Er legt nun seinen langen Arm um ihren Leib, beugt sich herab. Sie sieht sein weißes Gesicht mit den schwarzen Augen auf sich zukommen, denkt gelassen, ganz gelassen (so wird sie es später Ernestine erzählen) – so ist das also mit dem Küssen. Dann fühlt sie seine Lippen auf den ihren, und ganz von selbst, ohne es zu wollen oder sich anstrengen zu müssen, öffnet sie den Mund. Eine unbekannte Süße, eine Süße wie die italienischen Worte, umfängt sie. Schön, denkt sie, ach wie schön das Küssen ist, und es tut so gar nicht weh. Nur ein ganz klein wenig kratzt sie sein unrasiertes Kinn …

Plötzlich ist da Kindergeschrei. Ein Kind plärrt aus dem geöffneten Zimmer hinter ihnen. Paganini lässt das Mädchen augenblicklich los, wendet sich mit einem fahrigen Ruck dem Zimmer zu. Da steht der kleine hässliche Mann mit einem kleinen, vielleicht dreijährigen Jungen auf dem Arm in der Tür. Das Kind streckt die Arme nach dem Fremden aus, kreischt zuerst, lacht dann, als er ihm Grimassen schneidet. Doch nicht lange und das Kind fängt wieder zu weinen an. *Achille, tesoro mio!* ruft Paganini und eilt an dem kleinen Mann mit dem Kind vorbei ins Zimmer. Er kommt mit der Geige wieder zum Vorschein, nimmt das Instrument hoch und es erklingen lustige Tierstimmen. Zuerst ein Esel iah, iah! dann wiehert ein Pferd, quiekt ein Schwein, miaut eine Katze.

Der Kleine klatscht in die Hände, jauchzt vor Freude. Paganini lacht, freut sich und spielt wieder und wieder die Tierstimmen. Dann, mit einer jähen Entschlossenheit, so als besinne er sich seiner Pflichten, schiebt er den kleinen hässlichen Mann mit dem Kind ins Zimmer, geht hinterher, schließt die Tür.

Johanna steht allein und ist wie benommen.

Ihr ist, als habe sie das alles nur geträumt und nur einen Moment von ihrem Beobachtungsposten aufgeschaut. Sie reibt sich die Augen, sie kneift sich sogar in die linke Wange. Da geht die Tür plötzlich wieder auf und Paganini tritt auf den Gang. Stolz steht

er jetzt vor dem erschrockenen Mädchen. Er streckt ihr ein Billett entgegen, ein Stück bedrucktes Papier. Hier, sagt er und schiebt das Papier dem Mädchen unter den Schürzenlatz: Für heute Abend eine Karte! Komm in mein Konzert in die Oper. Heute Abend.
Ich spiele für dich, sagt er und verschwindet wieder hinter der Tür.
Johanna nestelt das Schnipsel hinter ihrem Latz hervor, schaut verständnislos darauf. Dann begreift sie. Er hat sie ins Konzert eingeladen. So eine wie sie, die Johanna! In die Oper! Zu all den feinen Leuten. Sie fasst sich an die Brust, ihr schwindelt. Sie soll in die Oper kommen am heutigen Abend. Sie soll ihn spielen hören, den Fremden, auf seiner Geige.
Oh, mein Gott, denkt sie, und ein lustiges Flattern ist hinter ihrer Brust.

Während sich das Zimmermädchen Johanna vor Numero 45 solcher Wendung ihres geheimen Auftrages gegenübersieht, steht nur wenig später der Kellner Knöfel in der geöffneten Haustür des Hotels und blinzelt in die wärmende Nachmittagssonne.
Auf einem Sims links neben der Tür im halbdunklen Hausflur, gleich hinter einer zierlichen Vase, steht eine kleine Phiole, darin blinkt eine klare Flüssigkeit, fast so, als fange sie die hereindringenden Sonnenstrahlen auf Umwegen ab. Es glitzert und funkelt in der Flasche, und ab und zu tastet Knöfel danach, um sich hinter dem hochgeschlagenen Rockkragen ein Schlückchen zu genehmigen. Er tut das zwischen den wichtigen Gesprächen, die er mit Gästen und Passanten führt, die ihn vor der Tür umstehen, immer dann, wenn die anderen abgelenkt sich über die seltsamen Neuigkeiten unterhalten, die er in die Debatte geworfen hat.
Knöfel hat seine Strategie geändert, statt abzuwehren und die Leute davonzujagen, erzählt er, redet und berichtet von dem geheimnisvollen Fremden, der oben in der *Belle Etage* logiert, sich

nicht sehen lässt, und dessen Anwesenheit in der Stadt wie sein bevorstehendes Konzert, das man altmodisch Akademie nennt, die Gemüter erhitzt. Gerade berichtet er von den geheimnisvollen Tierstimmen, die hinter der Tür des Italieners hervorwinseln, miauen, wiehern und blöken, als sich die Schar vor ihm teilt, um drei Herren in Zylindern und Frack, angeführt von dem kleinen, widerlichen Herrn Harrys, wie der Kellner Knöfel sofort erkennt, vorbeizulassen. Zwei der Herren tragen hölzerne Geigenkästen, wovon der eine, der in der Mitte geht, einen größeren unterm Arm hält, und der letzte einen schweren Kasten schleppt, ein Cello, wie der Kellner fachmännisch errät.
Harrys läuft, den Kopf seitwärts geneigt und die rechte Hand vorgestreckt, so als sei er ein sich bewegender Wegweiser. Bitte hier entlang, ruft er, die neugierige Menge teilend und der vielen Menschen nicht achtend, hier geht es zum Meister. Mit einem kurzen Kopfnicken eilt er an Knöfel vorbei. Der erkennt jetzt die Herren Musiker, die hinter dem Reisesekretär ins Haus drängen: Es sind der erste Violinist Krause, der Bratscher Stöve und der Cellist Havekamp, allesamt Mitglieder der königlichen Hofkapelle. Und Knöfel besinnt sich einer Bemerkung des unangenehmen Harrys, dass man für ein kleines Aufgeld hier im Hotel mit einigen Musikern der Kapelle zu proben beabsichtige und dass er, Harrys, dieses bereits der Besitzerin, der ehrwürdigen Frau Effenberg, schriftlich angezeigt habe. Also verneigt er sich vor den Vorbeigehenden und stellt sich dann wieder in Positur, um damit zugleich anzudeuten, dass hier niemand außer ihm und diesen Auserwählten Zutritt habe.
Die Menge auf der Straße murmelt, einige murren.
Vermutungen werden laut, ob hier nicht etwa ein Privatkonzert gegeben werde und er, der Knöfel, dran verdiene. Er brauche eine Stärkung, denkt Knöfel und trinkt wieder, unbemerkt, den gespitzten Mund vom Rockkragen geschützt, einen kleinen Schluck seines Pomeranzenlikörs.

Dann stellt er die Räsonierer zur Rede.

Währendessen geleitet drinnen der kleine Harrys die Musiker mit ihren Instrumenten die Treppe hinauf und die Gänge entlang. Sie haben die Geigen hochgenommen, um nicht anzustoßen, und der Havekamp mit seinem Cello balanciert als Letzter. Wie ein Trupp Verschwörer laufen sie, geduckt, die Holzkästen haltend, die schwarzen Zylinder auf den Köpfen hinter dem kleinen hässlichen Männlein her, und Harrys wendet sich alle Augenblicke um, schaut mit prüfendem Blick, dass auch keiner der Herren verloren geht. Eine bizarre Szene, einem schnellen Allegro vergleichbar, mit perlenden Läufen, unterbrochen von aufzuckenden Staccati, sich steigernd, über Dominante und Dominantsept dem Grundton zustrebend. Schließlich vor Numero 45 angelangt, klopft der Reisesekretär mit geheimnisvollem Lächeln, seine Augen funkeln, einem Dämonen gleich hüpft er vor Vergnügen von einem Bein auf das andere, er klopft ein zweites Mal und es scheint den Musikern, als tue er das in einem vereinbarten Rhythmus, sie schauen sich bedeutungsvoll in die Augen, bis auf einmal von drinnen die Worte *avanti, prego!* zu hören sind.

Harrys drückt die Klinke nieder, verbeugt sich, während er den Türflügel mit einem Schwung öffnet, macht eine seiner Gesten, sagt: Der Meister lässt bitten! und gleitet dann als Letzter ins Zimmer, um die Tür, als handele es sich um einen Schlussakkord, mit einem kräftigen Ruck hinter sich ins Schloss zu ziehen …

Beinahe im selben Augenblick wird auch an einem anderen Ort eine Tür ins Schloss gezogen, wenn auch ungleich sanfter, ja, mit rücksichtsvollem Respekt – es ist die Tür zum Privatkabinett des Sächsischen Königs im unweit gelegenen Pillnitzer Palais, eine weiß lackierte, mit goldenen Kanten verzierte Tür, die wiederum von einer anderen Tür geschützt und, mit ihr eine Art zwiefachen Wall aus Holz bildend, den privatesten Raum, das Allerheiligste des frommen Monarchen, gegen die Außenwelt und im Besonderen gegen den angrenzenden kleinen Jagdsaal abschirmen soll. Der da diese Tür hinter sich schließt, und sogleich etwas geneigt, eine stumme Verbeugung andeutend einen Schritt weit davon stehen bleibt, sich, die Faust vor den Mund haltend, leise räuspert, um schließlich unbeweglich dastehend zu verharren, dies ist der Geheime Rat Bernhard von Lindenau. Man hat ihn ohne weiteres vorgelassen, und er braucht auch nicht das *Herein* abzuwarten. Man munkelt, er folge dem ungeliebten Kabinettsminister von Einsiedel bald im Amte nach. Dennoch, er weiß, trotz allem Liberalismus, der ihm nachgesagt wird, was sich gehört, der Geheime Rat von Lindenau, und so steht er, ohne sich zu regen, und wartet, dass der greise König sich an ihn wendet. Dieser, Seine Majestät König Anton I., kniet, dem Eingetretenen den Rücken zugekehrt, vor einem kleinen Marienaltar. Er betet.

Es ist jetzt im frühen Nachmittag und er betet am heutigen Tag zum achten Mal. Er ist ein frommer Mann, und er nimmt sich diese Zeit, trotz aller Amtsgeschäfte, und hat es nicht gern, wenn er dabei gestört wird.

Außerordentliches scheint sich also begeben zu haben, wenn der Geheime Rat auf diese Weise und um diese Zeit bei seinem Herrn vorzusprechen wünscht. Es vergeht eine Zeit, ein paar Minuten nur, vielleicht auch eine knappe Viertelstunde. Der Geheime Rat steht aufrecht und wartet, die weiße Halsbinde und der hohe Kragen geben ihm etwas Vogelähnliches, doch nichts Abschreckendes, eher Würde und eine Spur Weisheit sind in dem, wie er so dasteht, die grauen Augen unbeweglich auf einen Punkt über dem knienden König gerichtet.

Lindenau ist Warten gewöhnt, also wartet er.

Schließlich geht eine Bewegung in dem betenden Monarchen vor sich. Zuerst zittert das königliche Haupt mit dem grauen, modisch nach vorn gekämmten Haarschopf, dann zieht er die Schultern langsam, unendlich langsam etwas nach oben, ein Arm, es ist der linke, fährt nach außen und stützt den schweren Greisenkörper, ein Ächzen ist zu hören. Lindenau blickt unbewegt geradeaus, als sähe er den sich bewegenden König und seine Schwerfälligkeit nicht, während der kniende König vor ihm, einem übergroßen blauen Käfer (seine Uniformjacke ist blau) gleich, nun auch den anderen Arm zu Hilfe nimmt, um sich aufzurichten. Wieder ein Ächzen, ein Räuspern dann, und eine leise, heisere Stimme, die fragt: Lindenau? Lindenau, sind Sie's? Helfen'se mer doch. Und als der Geheime Rat, aus seiner Starre erwachend, mit plötzlicher Behändigkeit seinem König aufhilft, ächzt der Monarch wieder, sagt leise: Es geht heut wied'r schlecht. Das Rheuma! Dann, erleichtert ausatmend, im Lehnstuhl, blickt er aus seinen blauen Augen mit den herabhängenden, tränenden Lidern zum hilfreichen Geheimen Rat auf.

Was gibt's denn, Lindenau? fragt der König. Doch der Geheime Rat, jetzt vor seinem Herrn, sich der Aufmerksamkeit gewiss, kommt nicht gleich zur Sache. Er steht, leicht vornübergebeugt, und er schweigt. Lindenau weiß, dass er bald Kabinettsminister sein wird, es werden muss geradezu, dass er den ungeliebten Grafen Einsiedel beerben wird, dass der König gezwungen sein wird. Allzu groß ist das Murren im sächsischen Volk geworden. Fast jede Woche erscheint in der Zwickauer Privatzeitung »Biene« ein neuer Schmähartikel gegen die »sächsischen Zustände«, fordert Carlowitz, der Aufrührer, unverhohlen die konstitutionelle Monarchie nach dem Vorbild Weimars, Bayerns und Württembergs, wird nach Pressefreiheit und Mitbestimmung der Stände gerufen, schwelt konfessionelle Unruhe, will man sich des ungeliebten Katholizismus entledigen, nimmt man jeden Anlass, um zu rebellieren und laut und lauter nach Veränderung zu rufen. Überall gärt es, und auch aus dem fernen Frankreich kommen wieder beunruhigende Nachrichten, sammelt sich das Volk. Überall riecht es nach Revolution. Ein Opfer muss her. Das Opfer wird im albertinischen Sachsen der alte Graf Einsiedel sein. Und Lindenau wartet.

Er wartet, dass der König ihn zum Sitzen auffordert, lauert darauf, sitzend seinem Herrn in gleicher Augenhöhe gegenüber zu sein. Ließe der ihn stehend berichten, krampfte sich dem Geheimen Rat das Herz, wüsste er, noch sei die Gnade nicht vollständig auf seiner Seite, wäre Einsiedel, dem er in den Pillnitzer Anlagen begegnet ist, noch um ein Quäntchen stärker als er. Und Lindenau, obwohl aufgeklärt und liberal, liebt solche Zeichen, er ist ein Freund der leisen, der feinen, der kultivierten Andeutungen. Mit seinem grauen, unbewegten Blick schaut er seinem Herrn ins leutselige, weiche Gesicht, indes nicht in die Augen, nein, nicht in die Augen, denkt er, diese blauen Greisenaugen würden ihn schwach machen, würden seinen Willen beugen und am Ende bliebe er stehen und fände sich ab damit. Nein.

Da sagt der König, heiser und nicht zu laut: So nehmen Sie sich doch einen Stuhl, lieber Lindenau, und sagen Sie mir endlich, was Sie auf dem Herzen haben. Auf dem Herzen, ach, Majestät, antwortet der Geheime Rat Lindenau und zieht sich mit einer Geste der Selbstverständlichkeit, der intimen Vertrautheit einen Stuhl heran, auf dem Herzen, Majestät, wenn es nur das Herz immer wäre, mit dem wir uns zu befassen hätten, ja, dann ... und er ließ offen, was er gemeint haben könnte, während der greise König milde nickt und murmelt, ach ja, das Herz, und er denkt an seine Einsamkeit, dass er nun schon seit zwei Jahren wieder Witwer ist, denkt an seine Amtsmüdigkeit, denkt, wie viel lieber er im Priesteramte wäre, seufzt und überlässt sich seinem Mitleid, ja, ja – das Herz.

Es ginge um die konfessionelle Unruhe im Lande, flüstert Lindenau in das königliche Seufzen hinein, und seine grauen Augen bekommen eisigen Glanz, im Grunde ginge es immer nur um das Eine, dass man dem Katholizismus und allem damit Zusammenhängenden misstraue. Hinter allem und jedem sähe man die Jesuiten und ihre Umtriebe. Das Gerücht, dass das Marcolini-Palais in ein Jesuitenstift umgewandelt werden solle, sei nicht tot-

zukriegen. Gracchi stecke dahinter, flüstere man in allen Gassen und Wirtshäusern, der königliche Beichtvater wolle den Jesuiten hier in Dresden eine Heimstatt verschaffen.
Unwillig schüttelt der König den Kopf.
Er will das nicht hören, er weiß nicht, wie das Gespräch, das es einmal vor Monaten mit Gracchi, dem Beichtvater, gegeben hat, in dem es um eine Idee für ein Jesuitenstift gegangen sei, nur um die Idee und um nichts sonst, wie dieses Gedankenspiel die Schlossmauern habe verlassen können. Freilich, Gracchi habe sich in Feuer geredet, damals, und seinen Vorschlag verteidigt. Es wäre an der Zeit, hat er gesagt, dass auch in der Residenzstadt die Jesuiten ihre Mission erfüllen könnten, und das Marcolini-Palais sei genau der richtige Bau dafür. Zentral und repräsentativ, ein sichtbares Zeichen. Aber, er, Anton, habe es dem Gracchi in Güte ausgeredet, ja, er werde der Gütige im Volke genannt, und dabei solle es bleiben, so wolle er in die Geschichtsbücher, als der Gütige, der Ausgleichende und der Fromme. Mit den Jesuiten werde er bei seinen aufrührerischen protestantischen Sachsen keine Gegenliebe erfahren, lieber Gracchi, hat er zu seinem Beichtvater gesagt, die Idee, so schön und verlockend sie sei, aus so einer Idee könne in seinem Dresden nichts werden. Höchstens eine Rebellion!
Und nun lodere das Gerücht und sei nicht zum Verstummen zu bringen, bald gäbe es die Dreihundertjahrfeiern zur Augsburger Konfessionsübergabe, da müsse solches vom Tisch, da müsse Ruhe und Frieden herrschen im Lande, und der König richtet sich in seinem Lehnstuhl auf, runzelt die Stirn: Los, Lindenau, reden Sie! Was es denn noch gäbe, was verheimliche er ihm? Das mit den Jesuiten sei doch nur der Anlass, sagt er, und in seiner Stimme ist Ärger.
Freilich, nur der Anlass, aber es sei eben in diesem jetzigen Zusammenhang wieder aufgeflammt, dieses Gerücht, Majestät. Lindenaus Augen sind geheimnisvoll dunkler geworden, zwischen seinen Brauen furcht sich eine steile Falte in die Stirn.

Welcher Zusammenhang? Nu, so lassen Sie sich doch nicht alles aus der Nase ziehen, Lindenau, sagt der König, plötzlich wieder ganz väterlicher Freund, und er streckt die Hand aus, um dem Geheimen Rat auf die Schulter zu klopfen, doch der zieht seinen Körper zurück und so erstirbt des Königs Geste wie eine stumme Bitte.
Der Zusammenhang ist …
Na, nu sagen Sie's schon, Menschenskind Lindenau, was zieren Sie sich?
Paganini! Der italienische Zaubergeiger Niccolò Paganini!
Ungläubig, mit einem Greisenlächeln, lehnt sich der König zurück, schließt die Augen, öffnet sie sogleich wieder, blinzelt: Paganini? Der heute Abend im Opernhaus spielen wird?
Derselbe, Majestät!
Dies erklären Sie mir bitte, Lindenau!
Selbstverständlich, Majestät, deswegen habe ich Sie auch an so ungewöhnlichem Ort aufgesucht. Einzig aus diesem Grund.
Und wieder lässt sich der Geheime Rat Zeit, während ihm der Monarch unruhig und ungeduldig ins Gesicht starrt. Lindenau genießt diesen Moment. Das sind Augenblicke, denkt er, wo der Diener zum Herrn wird, wo der Untergebene mehr Macht hat als der Herrscher, für Sekunden halte er, der kleine, der unbedeutende Baron von Lindenau, die Geschicke eines ganzen Landes, des Kabinetts, der Regierung in der Hand, oder besser hinter seiner Stirn verborgen.
Na? Die Stimmung des Königs droht umzuschlagen. Jetzt muss er reden, denkt Lindenau und sagt: Man glaube, so werde allgemein geredet, dass dieser Paganini selber ein Jesuit, wenn nicht vom Teufel, so doch von den Jesuiten gesandt sei, immer in Schwarz, geheimnisvolles Gehabe, undurchdringliche Seele, ein Sendbote der Jünger Jesu, hierher ins protestantische Sachsen geholt von einem König, der wankelmütig sich nicht auf die Seite seines Volkes stelle …

Was??? die königlichen Augen füllen sich mit Tränen.
... der sich jedem Ansatz von Fortschritt, wie man ihn in Weimar und Bayern längst erprobt, entgegensetzt ...
Das sagt man?
... sich entgegensetzt, jawohl, wiederholt der Geheime Rat, und ihm entgeht das königliche Entsetzen nicht, sich entgegensetzt, wiederholt er noch einmal, und zugleich schämt er sich für das Kribbeln, das in ihm ist, fügt hinzu, es wäre an der Zeit, jetzt die Mitregentschaft des Prinzen ...
Dies gehört nicht hierher, das hat nichts mit diesem Geiger zu tun!
... aber, Majestät, das Volk bringe alles mit allem zusammen und reime sich zusammen, was nicht zusammengehöre, dennoch, wir können ...
Lindenau! Kommen Sie bitte zum Kern der Sache zurück!
Der Geheime Rat weiß, jetzt muss er sich auf die Sache beschränken, wenn er nicht die königliche Geduld in ihr Gegenteil, in Unmut und Zorn umschlagen lassen will. Deshalb räuspert er sich, sagt leise und eindringlich: Majestät! Also zur Sache! Gut. Das Konzert sei nun einmal nicht rückgängig zu machen. Das Opernhaus sei ausverkauft und noch Hunderte Karten seien unter der Hand gehandelt. In den Gängen der Oper werde man stehen, sich drängen, bis hinaus auf den Schlossplatz würden die Menschenmassen dicht an dicht diesem Ereignis beiwohnen. Nur dabei sein, hieße es. Eine unglaubliche Hysterie sei in der Stadt. All die Herren Künstler und Personen des Kunstbetriebes hätten ihr Kommen angekündigt, von Dahl bis Vogelstein, die beiden Carolsfeld, der Devrient und seine Geschiedene, die Wilhelmine Schröder, alle kämen sie, um diesen Paganini zu hören. Sogar der Tieck, unser alter Hofrat, dies stelle man sich vor, wolle den Geiger in seinem Hause empfangen. Dennoch, Majestät, die Königliche Huld solle, ja müsse sich in Grenzen halten, ein Handgeld für den Violinspieler genüge, was die Kasse erlaube, oder aus der

Privatschatulle, dreißig Zechinen seien genug (und Lindenau freut sich seines Einfalles mit den dreißig Zechinen, er ergänzt in Gedanken, jeder, der davon höre, von den dreißig Zechinen, der übersetze sofort in dreißig Silberlinge – oh, dies hätte die richtige Symbolkraft. Bravo Lindenau, sagt er sich). Vollauf genug. Dreißig Zechinen in feinstem Silber, sagt er noch, um dem König seinen Gedanken einzuimpfen.
Und tatsächlich, Anton I. schaut auf, und in seinen blauen Augen stehen Tränen. Wozu man verdammt wird, sagt er leise, diese elende Politik lässt einen nicht einmal ein solches Konzert ungetrübt erleben.
Ach, mein lieber Lindenau! Der König wirkt schwach und müde. Er hat diesen Italiener, den die Wiener so gefeiert haben, nach Dresden geholt, er will die italienische Musik, die er so liebt, hören und sich dem Traum von Melodie und Sangesfreude hingeben, ach, wie ist sie so lieblich und schön, entgegen all dem dumpfen Revolutionsdrang, den Freiheitsgesängen und dem Aufmüpfigen deutscher Musik. Da schwärmt alles von dem verstorbenen Beethoven und dem ebenfalls toten Weber, doch diese Trommeln, diese Rhythmen, diese Bläserfanfaren, dies kommt von dieser französischen Freiheit, Gleichheit, Brüderlichkeit. Bürgerrechte meinen sie und konfuse Mitbestimmung. Ihm, Anton, graut davor, obwohl manches von diesem Ludwig van ganz passabel klingt und tatsächlich in die Ohren geht. Auch dem Weber soll man nichts Schlechtes nachreden. Aber mit diesem Paganini klingt anderes herauf, Heldisches vom Kaiser, was verdankt das Wettiner Geschlecht nicht diesem Kaiser, und südliche Sonne zugleich, Ausgelassenheit, Unbeschwertheit, nichts Düsteres, Drohendes, was aller deutschen Kunst innewohnt. Und nun soll er, der Gütige, der Ausgleichende eines Gerüchtes wegen und dieser ewigen sächsischen Widerborstigkeit nachgebend aus einem Staatsakt, den er zu Ehren dieses Künstlers vorhatte, dreißig Zechinen (dreißig Silberlinge! denkt nun auch der traurige König)

überreichen. Er setzt sich gerade auf in seinem Lehnstuhl, dunkel starren die blauen Augen, er presst die mit bräunlichen Flecken übersäten Hände. Alles in ihm widersetzt sich, er fühlt Anspannung und einen entsetzlichen Widerwillen, alles hasst er auf einmal, auch den vor ihm lauernden Rat Lindenau. Er hasst die grauen, kalten Augen, die ihn prüfend raubvogelgleich beäugen, er hasst den abwartenden, höflichen Ton, in dem Lindenau zu ihm gesprochen hat, er hasst die Reformen, um die er nicht herumkommen wird, er hasst die Mitregentschaft Friedrich Augusts, seines Neffen, die ihm aufgezwungen werden wird, er hasst sein ganzes einsames Leben, das ihm tonnenschwer auf den Schultern lastet, er hasst alles und jeden in diesem Augenblick, und in diesem Moment voller Abscheu fühlt er sich plötzlich stark und frei, ach, wie könnte alles sein, wenn er nicht König geworden wäre und dieses Amt ausfüllen müsse, Tag für Tag, Woche für Woche, Jahr um Jahr, wie eben auch jetzt in diesen Minuten, da er dem Geheimen Rat gegenübersitzt, der auf seine Entscheidung wartet. Eine Entscheidung, die er nicht mehr frei wählen kann, die er fällen muss, seinem Innersten zum Trotz.
Und wie er sich gestrafft hat, so sackt er nun, einem entleerten Schlauch gleich, in seinem Lehnstuhl zusammen, füllen sich seine Augen mit Tränen, wie er in letzter Zeit häufig diese Weinerlichkeit an sich bemerkt und nichts dagegen tun kann, gut, sagt er, meinetwegen, Lindenau, machen wir es so, um des lieben Friedens willen, geben wir dem Künstler dreißig Zechinen, aber, so fügt er an, in einer prächtigen Schatulle und mit einem Dankesschreiben von mir, handgezeichnet vom König Anton I., diese Ehre sei dem Manne wenigstens vergönnt.
Natürlich, Majestät, entgegnet der Geheime Rat, und selbstverständlich solle die Vorstellung, fährt Lindenau fort, erst beginnen, wenn Ihr, Majestät, in Eurer Loge Platz genommen habt, er selbst, Lindenau, werde das Präsent übergeben und einen kleinen Sektempfang organisieren.

Damit man nicht sagen könne, es fehle den Sachsen an weltmännischer Höflichkeit.
Dann neigt sich der Geheime Rat vor seinem König, erhebt sich behutsam aus seinem Stuhl und verlässt, Schritt für Schritt, rückwärts, sich fortwährend beugend, das königliche Kabinett. Sacht öffnet sich die erste, dann die zweite weiß lackierte Tür, und sie schließen sich wieder, wie von Geisterhand. Der König in seinem Lehnstuhl stöhnt leise, erhebt sich, dann auf die Knie sinkend lässt er sich vor seinem Marienaltar nieder, betet, schließt die Augen, betet …

3. KAPITEL

Grau, schwer, mit flachen Nebelfäden senkt sich der Abend auf die Stadt, nur hinter den Kesselsdorfer Höhen, fern am westlichen Himmel kündet rötliches Glimmen von der Hoffnung, es kämen schönere Tage und die lastend kalte Feuchte der vergangenen Wochen sei bald vergessen.

Zuerst einzeln, dann häufiger, eines nach dem anderen flammen hinter den Fenstern Lichter auf, werden in der inneren Stadt die Straßenlaternen angezündet, flackernd und nur im geringen Umkreis ein gelbes, warmes Licht werfend, schicken sie bewegliche Schatten ringsum, macht sich der Abend friedlich und allmählich Ruhe verströmend breit.

Und doch kommt jetzt, so wie diese Lichter erstrahlen, sich die Kontraste zwischen Hell und Dunkel verstärken, mit ihnen zugleich seltsame, ungewohnte Erwartung und Nervosität auf, wächst unsichtbar, erregt Spannung und abenteuerliche Vorfreude in den Straßen. Einzelne Fußgänger sieht man zuerst, dann werden es mehr, ihre Zahl wächst von Minute zu Minute. Die Menschen gehen, in Pelze und Mäntel gehüllt, denn es ist kalt in diesem Februar an der Elbe, zu zweien, dreien, meist aber in Paaren, alle in die eine Richtung, sie laufen mit erwartungsvollen Gesichtern, Augen glänzen, im Laufen reden die Menschen miteinander, man hört angeregte Gespräche; die Zahl der Passanten vermehrt sich, je näher man dem Zentrum der Stadt kommt, Kutschen rasseln vorbei, auch Pferdeschlitten sieht man, alles läuft, fährt, geht, bewegt, schiebt sich zu einem Punkte hin, dem königlichen Opernhaus auf dem Schlossplatz, gegenüber der Residenz, unweit des dunklen, dahingleitenden Flusses – dorthin, wo sehr bald ein ungewöhnliches, ein Ausnahmeereignis, eine ungeheure Sensation stattfinden soll: Das Galakonzert mit dem Italiener Niccolò Paganini.

Das Opernhaus ist hell erleuchtet. Noch eine volle Stunde bis zum Konzertbeginn. Und obwohl der Saal bis auf den letzten Platz gefüllt, drängen und schieben sich noch immer Menschen durch die geöffneten Doppeltüren. Längst haben es die Saaldiener aufgegeben, nach den Karten zu fragen, einer von ihnen, der bis zuletzt standhaft und tapfer noch die Karten zu sehen verlangt hat, sitzt jetzt auf einem Hocker neben der von ihm zu bewachenden Tür und hält sich die Nase. Ein empörter Besucher, es ist nicht feststellbar gewesen, ob rechtmäßiger Besitzer einer Karte oder nicht, hat diesem Saaldiener eins ins Gesicht gegeben, wortlos und mit grimmigem Blick. Niemand hat dem Geschlagenen geholfen. Alles hat sich an ihm vorbei in den schon überfüllten Saal geschoben, gestoßen; ein Strom von Gesichtern, Leibern, Menschen, jung oder alt, feine, situierte, auch einfache Leute sieht man, Konzertbesucher mit oder ohne Mäntel, Hüte, Kapuzen, Schals, und dieser Strom flutet, drückt in den Saal, stößt, schubst, flucht, raunt. Man beginnt, sich zwischen den besetzten Stuhlreihen in die aufsteigenden Gänge zu setzen, rückt zur Seite, wenn noch einer daneben will, wartet, erhobenen Kopfes, die Augen auf den Bühnenvorhang geheftet. Im Saal hat sich fromme Stille breit gemacht, nur noch an den Rändern und Türen, wenn einer versucht ins überfüllte Innere zu gelangen, hört man dumpfes Gemurmel, selten ein Wort, einen Gruß, einen Fluch.

Draußen auf dem schneebedeckten Schlossplatz stehen Hunderte wartend, hoffen noch irgendwie ins Innere des Opernhauses zu kommen. Mancher ist darunter, der mit unruhig lauerndem Blick um sich blickt, spähend in die zuführenden Straßen, ob nicht in

einer Kutsche der geheimnisvolle Gast aus Italien angeprescht käme.
Sie können nicht ahnen, diese Neugierigen, dass der Mittelpunkt ihres Interesses, der Glanz des Galakonzertes, Paganini, längst, seit fast zweiundeinhalb Stunden, noch lange bevor die ersten Konzertbesucher den Ort erreichten, unweit der Oper am alten Markt im Hause des Königlich Sächsischen Hofrates Ludwig Tieck zu Gast weilt, eingeladen zu einem improvisierten literarisch künstlerischen Empfang, ausgezeichnet dadurch von jenem würdigen sächsischen Goethe, der selbst wegen der Podagra, wegen seiner wehen Glieder, wie er hat ausrichten lassen, nicht am Galakonzert teilnehmen könne.
Gleich nach den Proben zu seinem Streichquartett mit den Herren der Hofkapelle im »Hotel de Pologne« hat Paganini eine unauffällige Droschke bestellt, eine ganz normale Mietkutsche, hat er zu seinem Reisesekretär gesagt, solle es sein, er wolle ohne Aufsehen, ohne behelligt zu werden und daher mit einer Droschke vorerst rasch zu diesem Hofrat und später dann in die Oper gelangen, wolle also Herrn Tieck in seinem Hause die Ehre erweisen, und der Dame und fulminanten Sängerin Schröder wie auch seinem Vetter, dem Dichter Rebizzo, die sich beide dort befänden, Guten Abend sagen.
Seit zwei Tagen trüge er die Einladung dieser Herrschaften in seinen Taschen. Das rote Notizbüchlein, in das er alles Wichtige legt, zieht er hervor und schwenkt es bedeutungsvoll vor Harrys Nase.
Die Wilhelmine Schröder, darauf rechne er, das wünsche er sich, werde ihn sodann in die Oper begleiten. Er wolle so kurz vor dem Konzert nicht proben oder musizieren, sagt er bitter lachend, durchgenommen habe er soeben die Kammermusik mit den vier Herren der Kapelle, wie es am Abend des Vortages die ausführliche Orchesterprobe gegeben habe. Er hoffe, die Herren Kapellmitglieder hätten alles in ihren Köpfen bewahrt, was er mit ihnen

exerziert habe. Das genüge vollauf. Zu vieles Proben ließen seine Schöpferkraft erlahmen, er sei ein Mann, der aus der Laune heraus, aus der Spontaneität die beste Musik zu machen verstünde, ja, am besten spiele er, wenn er heiteren Sinnes sei oder das Bild einer schönen Frau im Kopfe habe. Jetzt also wolle er keine Musik machen, sondern geistvollen Menschen zuhören, ihnen die Honneurs machen, einen Landsmann, wie seinen Vetter Ribizzo, und eine hübsche Frau treffen, und er, Harrys, sein Faktotum, solle es richten.

Und Harrys hat Boten ausgeschickt, alles organisiert, quirlig, schnell, mit seinem penetranten Lächeln. Und Achille, das Söhnchen? hat der Reisesekretär zu fragen gewagt. Paganini hat ihm keine Antwort gegeben. Ein Blick hat genügt. Also das Kind ist mitzunehmen. Dann sind sie den kurzen Weg durch die Stadt gefahren, die Droschkenfenster verhangen, die Türleder sorgfältig eingehakt, denn nichts fürchtet Paganini mehr als Zugluft. Mit wachsbleichem Gesicht, aus dem die Augen, dunklen polierten Amethysten gleich, hervorglänzen, in seinen dicken Zobel gehüllt, zittert der Meister vor Kälte, zwischen den Knien den schäbigen Geigenkasten, in dem er seine geliebte Guaneri und all die wichtigen Dokumente, auch seinen Ritterorden verwahrt, während der ewig muntere Reisesekretär Harrys den kleinen Achille auf dem Schoß hält. Kein Wunder, hat Paganini heiser aus der Wagenecke hervorgestoßen, dass in dieser Kälte die Deutschen nur kalte, frostige Musik hervorbrächten, an diesem entsetzlichen kühlen Ort, der dieses Land ja nicht nur im Winter sei, wie gerne wäre er jetzt in Florenz oder Mailand oder Parma. Dort, unter diesem herrlich wärmenden beglückenden Himmel würde ein jeder, selbst der einfältigste Fischer zum Sänger und Musikanten. Man könne nicht anders, man müsse die Natur, die Sonne, die Oliven und die Liebe besingen.

Paganini hüstelt, dann beginnt er mit seinem Sohn zu scherzen, so wie er es gerne tut. Er hat ihn in die Wangen gekniffen und

dazu wie eine Katze miaut, hat ihn geküsst, an den Beinchen gezogen und dann den Harrys am Ohr gezerrt, bis der Achille vor Vergnügen aufkreischt, immer wieder am Ohr des kleinen Reisesekretärs hat er gezupft, der Fröstelnde, fast, als wolle er sich von diesen roten Hautgebilden etwas Wärme abzapfen, wieder und wieder, bis Harrys unwillig das Gesicht verzogen und sich weggedreht hat. Doch Achille quiekt und lacht und ist dann, von der Aufregung erschöpft, in einen Schlummer gefallen. Befriedigt hat Paganini gelächelt und dem Harrys ein Zeichen gemacht, um Gottes willen still zu sein, zu schweigen, ja kein Wörtchen zu sagen. Wieder hat er sich in die Wagenecke gekauert, den Pelz bis zu den Ohren hochgezogen, nicht ohne vorher zu prüfen, ob alle Wagenleder und Fenster dicht seien, damit ja kein kaltes Winterlüftchen hereinwehen könne. Dieser abscheuliche deutsche Winter.
Dann sind sie vor dem Hause des Hofrates Tieck angekommen.
Ich kenne den Ludwig Tieck, sagt Harrys zu Paganini beim Aussteigen, kenne ihn von seiner Literatur, den Märchen, den Novellen, der romantischen Schule her, die er mitbegründet, und ich schwärmte für ihn; den jetzigen Hofrat allerdings kenn ich nicht, ist er doch nun gerade das geworden, was er früher am meisten lächerlich fand, aber wir müssen alle sehen, wie wir uns arrangieren …
Paganini hört nicht hin, wie er das französisch gefärbte Italienisch seines Reisesekretärs ohnehin kaum versteht, er ist beeindruckt von der Noblesse des Sandsteintores, durch das sie hindurchtreten, vom Treppenhaus, das sie empfängt, dem elegant modernen Treppengeländer mit den Messingverzierungen, den flachen Sandsteintritten der breiten Treppe, die den eintretenden Gast zum langsamen Hinanschreiten auffordert, ja es erzwingt, wenn er nicht stolpern will, er sieht weiter oben den mit antiken Gipsfigurinen und anmutigen Bronzegüssen geschmückten Absatz, auf dem ein Hausdiener, herrschaftlich adrett, eines Hofrates würdig, in grüner Livree mit silbernen Knöpfen und einer

ebenfalls silberfarbenen Weste darunter die Ankommenden empfängt. Mit galanter Geste will er die Gäste zum Empfangsraum geleiten, stockt aber, als er den auf den Armen des verlegen grinsenden Harrys noch immer schlafenden Knaben sieht, macht eine ausholende Geste, um Hilfe herbeizuwinken. Sofort, als hätte sie darauf gewartet, kommt eine Mamsell in weißer Haube und ebensolcher Schürze hinter einer halb offenen Tür hervor, tritt auf Harrys zu, fragt, ob man das Kind in ein Bettchen (in der Tat, sie sagt *Bettchen*!) legen solle. Harrys blickt Paganini fragend an, dieser runzelt die Stirn, nickt dann aber, das Kind wird vorsichtig mit einer Geste, die an Langsamkeit und Rücksicht nicht zu überbieten ist, übergeben. Der Vater blickt dem Mädchen, das mit seinem Achille in einem Seitengang entschwindet, sorgenvoll nach, dann murmelt er etwas auf Italienisch, das keiner versteht und auf das keiner achtet. Er packt den schäbigen Holzkasten mit seiner Violine fester, umschließt ihn mit seinen langfingrigen Händen, als wolle er ihn gegen die ganze Welt schützen. Langsam wendet er sich dem Bedienten zu, der respektvoll und diskret, allerdings mit einem winzigen mokanten Lächeln gewartet hat, folgt ihm mit abwartenden, langen Schritten und gesenktem Kopf, hinter sich trippelnd, hört er den Harrys, und gelangt schließlich zu jener am Ende eines kurzen Seitenganges gelegenen Tür, welche den Empfangsraum im Tieckchen Hause zum Flur hin begrenzt. Mit Erstaunen sieht Paganini zu beiden Seiten der Tür kleine Bronzefiguren, die, in ihren erhobenen Ärmchen Kerzen haltend, den Gang erleuchten, dann öffnet der Bediente schon die Tür, stößt sie weit auf, um selbst sogleich in einer Art herrschaftlicher Pose zu erstarren und auszurufen: Der Herr Ritter Niccolò Paganini nebst seiner Begleitung, dem Herrn Georg Harrys aus Hannover!
Sie treten ein. Paganini, Harrys ganz dicht und schräg hinter sich, überschreitet die Schwelle, tritt über ein im Boden eingelassenes Mosaik, »Salve!« steht darauf, denkt flüchtig, weil ihn das Wort

an die Lehrstunden mit seinem Vater erinnert, »cave canem« habe dieselbe respekteinflössende Wirkung, er hat es in den prunkenden Villen italienischer Reicher, zu denen er geladen gewesen ist, oft gelesen. Er zwingt sich zu einem Lächeln und neigt den Kopf.

Man ist ja willkommen! Was soll's! Doch der zuletzt gedachte Gedanke beschleicht ihn wieder, in Blitzesschnelle sagt er sich, gelte ihm doch nicht eher das erdachte »cave canem«. Wäre er nicht tatsächlich ein Hund, ein umherziehender Straßenköter zumal, dem man den Napf vor die Tür stellt. »Salve Canis!« Bei feinen und gebildeten Leuten fühlt er sich immer im ersten Augenblick unsicher und fremd, und er macht keinen Unterschied zwischen »fein« und »gebildet«. Sie sind und werden ihm immer fremde Wesen bleiben, diese Gebildeten und Feinen, fern und unerreichbar für ihn, seien sie nun bürgerlich oder von Adel. Nur ganz kurz denkt er an den Genueser Hafen, versucht sich den Seewind und den Geruch des Meeres vorzustellen. Er holt tief Luft, dann nimmt er diesen Empfangsraum, in den er getreten ist, in Augenschein. In diesem kleinen Saal, wie er treffender zu nennen wäre, der getäfelt und wie im Aufgang in kleinen Nischen mit barocken Figurinen geschmückt ist, an dessen Wänden verschiedene Ölbilder mit christlich allegorischen Motiven (er weiß nicht, dass zwei der Bilder Geschenke des Malers Schnorr von Carolsfeld sind) bunt, überladen, schweigend und Sinnbildung erheischend aufgehängt sind, entdeckt er zu seiner Freude sogleich einen Flügel. Er sieht, es ist ein modernes und wertvolles Instrument. Erst dann fällt sein Blick auf ein paar Gäste, die gleich ihm im Raum stehen und zu warten scheinen. Es sind zwei Herren und eine Dame, die in der Nähe einer Bronzebüste des Spaniers Cervantes in angenehmem Gespräch plaudern. Ein dritter Herr, etwas abseits, schaut auf den eintretenden Paganini mit einem Aufblitzen in den dunklen Augen, ehe er die Arme hebt und laut ausruft: *Mamma, mia, benvenuto Niccolò!*

Es ist der Vetter Ribizzo. Paganini, ehrlich erfreut, seinen Vetter, den Dichter, hier zu treffen, stößt einen merkwürdigen Überraschungslaut aus, der, wie eine Fanfare so laut, dennoch heißer sich seiner mageren Brust entringt. Sie treten aufeinander zu, ohne die ringsum plötzlich Stillgewordenen eines Blickes, einer Aufmerksamkeit, einer Erklärung zu würdigen. Zwei Italiener sehen sich nach langer Zeit wieder. In der Fremde, hier im kalten Dresden. Da herrscht nur Freude und verwandtschaftliche Herzlichkeit. Sie küssen sich, umarmen sich, scherzen, blicken sich in die Augen und beginnen ein hastiges, ein von Lachen, lauten Worten, fuchtelnden Gesten markiertes Gespräch. Niemand von den anderen im Raum versteht ein Wort davon. Auch nicht Georg Harrys. Schon gar nicht der Bediente. Der Livrierte starrt verlegen zu Boden, er weiß nicht, was er tun soll. Soll er die Herren unterbrechen, weil der Hausherr naht, soll er schweigen und dem Ganzen höflich zuschauen. Also schließt er geräuschvoll die Tür, schreitet zu einer anderen, verschwindet dahinter, dem Hausherrn, dem Herrn Hofrat die vollzählige Ankunft seiner Gäste zu melden.
Im Empfangsraum indes hört man noch immer italienische Aufgeregtheit, sieht man die beiden Verwandten, wie sie mit den Händen fuchteln, so als verstünden sie einander nicht, wären taub und müssten ihr Reden mit Händen, Armen, der Mimik des Gesichts, dem ganzen Körper begleiten, während die anderen Gäste, die beiden Herren und die Dame, ihre Unterhaltung ebenfalls wieder aufgenommen haben, dennoch ist ihnen Unruhe, Unsicherheit und Erwartung abzulesen, denn dieser Italiener, Paganini, hat sich ihnen noch nicht einmal vorgestellt. Natürlich wissen sie, wer dieser hochaufgeschossene Herr in dem altmodischen, schlecht sitzenden Frack ist, dass es dieser italienische Teufelsgeiger Paganini ist, der heute am Abend kurz vor seinem Auftritt vom Hofrat Tieck empfangen wird. Das ist ihnen nicht erst seit der Namensnennung durch den Bedienten bekannt, es ist ihnen mit der Einladung mitgeteilt worden.

Doch, er habe sich ihnen vorzustellen, dieser dämonische Herr, dieser Teufel, wie er genannt werde, wie es nun einmal Sitte sei hier wie überall im zivilisierten Europa, sich vorzustellen und bekannt zu machen, Name und Titel zu nennen, das sei das mindeste, italienische Wiedersehensfreude, verwandtschaftlicher Tratsch hin und her. Und so schauen sie einstweilen erwartungsvoll, ungeduldig und mit Neugier zum kleinen Reisesekretär Harrys, der, einem vergessenen Conferencier gleich, im Raum stehen geblieben ist, von einem zum anderen geblickt, sich schließlich ihnen genähert hat, in seinem ewig feixenden Gehabe jetzt vor ihnen steht, flüstert, ja, ja diese Italiener, wenn die einmal zu reden begännen ... Dann verbeugt er sich, man sei ja vom Hauspersonal angekündigt, und, er zieht ein Billett, außerdem mit einer Einladung des ehrenwerten und hochgeachteten Hofrates Tieck versehen – wenn Sie gestatten: Georg Harrys, Journalist und Schriftsteller aus Hannover, Reisebegleiter und Intimus des Herrn Ritter vom heiligen Kreuz, Herrn Violinvirtuosus Niccolò Paganini.
Und er neigt sich in Richtung des immer noch im heftigen Gespräch befindlichen Künstlers. Die Herren nicken ernst, die Dame lächelt. Indes hört der kleine Harrys gar nicht auf, sich zu verneigen, und, wie eine jener bauchigen Harlekinfiguren, die, tippt man ihnen an Kopf oder Schultern, sich sogleich nach hinten beugt, um danach ohne Anstrengung, lustig wippend, wieder nach vorn zu kippen und dabei das ewig gleiche Harlekinlächeln zu zeigen, mit breitem Mund und engen kleinen Augen, so krümmt sich auch der Reisesekretär Harrys vor den drei Gästen, ergreift schließlich die aus Verlegenheit und nicht ohne Belustigung vorgestreckte Hand der Dame, um ihr einen Handkuss zu geben, feucht und schnalzend, dass die Dame, verzweifelt lächelnd, mit einem kleinen Unmutslaut, schließlich einen Schritt zurückweicht.
Diesen Schritt nun, diesen Laut, scheint Paganini, der halb seitwärts ein paar Schritte beiseite steht, aus den Augenwinkeln und

trotz des wilden Gesprächs mit seinem Neffen Ribizzo gehört und bemerkt und vielleicht als ein Straucheln, ein Stolpern gesehen zu haben, denn er verlässt seinen Verwandten abrupt, lässt ihn mitten im Satz stehen, hastet auf die Dame zu, fasst ihr galant an Ellenbogen und Taille, ruft:
Signora, posso aiutala? Die Dame wendet sich um, lächelt.
Nein, nein Herr Paganini (sie nennt ihn sofort beim Namen, ohne eine Vorstellung abzuwarten), es sei nichts, sagt sie, sie sei nur nicht die Höflichkeiten seines Reisesekretarius, dieses Harras (sie sagt *Harras* und nicht *Harrys* und ein winziges Lächeln huscht ihr über Augen und Stirn) gewöhnt. Paganini tritt einen Schritt zurück, verneigt sich, ergreift die ihm jetzt mit großer Bereitschaft gegebene Hand, deutet, ganz Charmeur, den Handkuss an, verneigt sich noch einmal, sagt in einer Mischung aus französischen und italienischen Worten:
Ich bin Niccolò Paganini, eine große Ehre für mich, Madame!
Die Dame versinkt in einem Knicks, der ihren hellseidenen Rock, der halbrund und krinolinengebauscht, einer Glocke gleich, nun hochgewölbt wie eine Halbkugel erscheinen lässt, und sagt mit schöner Stimme: Wilhelmine Schröder-Devrient, erste Sängerin am hiesigen Hofopernhaus.
Oh, er habe viel von ihr reden hören, auch in Wien. Leider habe er sie nie persönlich hören können, nicht als Pamina, nicht als Fidelio, was er besonders bedaure, antwortet Paganini, er stockt einen Moment, wiederholt den Satz, bis sein herangeeilter Vetter die Worte ins Deutsche übersetzen kann, fährt fort und lacht, indes wolle er sie viel lieber singen hören, als von ihr zu reden.
Nun lacht auch sie, etwas zeitversetzt, bis sie verstanden hat.
Paganini schaut der Sängerin ins Gesicht. Sie ist jung und eine Schönheit, das sieht er sofort, eine Schönheit, wie er sie besonders als Italiener reizend findet. Nicht diese Brombeeraugen, nicht diese olivenfarbige Haut, nicht das Haar schwarz wie ein Rossschweif, denkt er, und er sieht die Bianchi vor sich, Achilles Mut-

ter, die er in Wien endgültig davongejagt hat, nein, diese Deutsche hier hat etwas von einer nordischen Göttin, Augen dunklen Veilchen gleich, die Haut weiß und rein, und gelocktes, fein gedrehtes Haar von altem Gold, das ihr in zierlichen Windungen, federnd, kunstvoll gekräuselt die Wangen umrahmt, makellos auch der Hals.

Gern würde er, sagt er, mit ihr auf der Bühne stehen, immer hätten Sängerinnen sein Geigenspiel bereichert, in seiner Heimat liebe man den Gesang über alles, die gesungene Stimme sei das schönste Geschenk Gottes an die Menschen und nichts sei für ihn, den Violinisten Paganini, lieblicher als eine Sopranstimme, und nur die Violine sei die Fortsetzung und Vervollkommnung der menschlichen Stimme. Er sagt das, während er sich eingesteht, dass es immer die Sängerinnen, die Sopranistinnen gewesen seien, denen er nicht zu entrinnen vermochte, in die er sich verliebt habe, denen er verfallen sei. Er schaut ihr ins Gesicht, hat vergessen, dass neben ihm die beiden Herren, noch nicht begrüßt, betreten schweigen und auch der kleine Harrys von einem Bein aufs andere tritt, um endlich dazwischenfahren zu können, moderierend, beflissen der Höflichkeit Genüge zu tun. Doch auch Wilhelmine Schröder-Devrient tut, als sähe sie den Harrys und die Herren nicht, als stünde sie hier allein mit diesem geheimnisvollen Italiener. Die Sängerin erwidert den langen Blick Paganinis, in ihren Augen blitzt es, und sie sagt, die italienische Musik habe sie immer mehr angesprochen als jede andere, vielleicht deshalb, ergänzt sie und lächelt, weil sie den Empfindungen ihrer Seele angepasster, den Gefühlen ihres Herzens deutlicher Ausdruck verleihe und weil sie diese leidenschaftlicher, schmelzender, süßer fände. Ja, süßer, dem Leben und der Liebe zugewandter sei die italienische Musik als die gelehrte deutsche und die oberflächliche französische, bei der man sich immer vorstellen müsse, man tanze eine Quadrille. Die italienischen Opernkomponisten, auch Ihr Freund Rossini, sagt sie und klatscht in die Hände, und all die anderen böten einer Sängerin wie ihr viel mehr Gelegenheit, sich auszuzeichnen, denn in seiner, Paganinis Heimat (sie deutet einen Knicks an) schrieben die Komponisten in erster Linie für die Singstimme, während in Deutschland die Instrumentalmusik im Mittelpunkt stünde, als Sängerin müsse man sich hier dem Orchester opfern, ja, so sei es, opfern wie ein … wie ein …

Sie macht eine Pause, sucht nach dem passenden Wort, gibt dem Ribizzo Zeit für die Übersetzung, doch ihr will nicht das Richtige einfallen, sie bricht ab, wartet, während Paganini die ins Italienische übersetzten Worte mit einem Lächeln zu Ende hört, sich verneigt und *bravissimo* ruft.

Jetzt ergreift Harrys die Gelegenheit, fährt, wie es die Ringrichter im englischen Faustkampf tun, dazwischen. Darf ich Sie miteinander bekannt machen, meine Herren, sagt er: Herr Niccolò Paganini, Ritter vom heiligen Kreuz, und hier, er verneigt sich wieder ein wenig, Herr Karl Förster, Herr Eduard von Bülow. Die Herren neigen die Köpfe. Man gibt sich die Hand.

Auf einmal tritt ein weiterer Herr hinzu, der, von Paganini und Harrys unbemerkt, von einem Vorhang halb verdeckt, die ganze Zeit der Szene amüsiert, doch dabei mit großem Ernst zugeschaut hat.

Auch ich darf mich nun Ihnen, Herr Paganini, und Ihnen, Herr Harrys, vorstellen, sagt er mit Würde, den anderen bin ich bekannt. Mein Name ist Rehberg, Geheimer Rat und Staatsminister a.D., ich fungiere, und er verneigt sich, wenn sie gestatten, mit der gütigen Erlaubnis des Herrn Hofrates Tieck, in solchen Fällen wie dem heutigen als eine Art Hofmeister, ordne, informiere, gebe Hinweise, wenn sie erbeten, und geleite so alles in gewissenhaft geordnete Bahnen.

Er neigt das ergraute Haupt, der Geheime Rat und Staatsminister a.D., richtet sich würdig, etwas steif auf, stellt ein Bein vor, ergreift mit den Händen die samtenen Ränder seines Revers, wobei sich die dunkle Atlasweste vorwölbt und eine Uhrkette sichtbar wird, und er spricht in den Halbkreis hinein, der sich gebildet hat, mit einer tiefen, vollen, wenn auch etwas stockenden, betont langsamen Stimme, so als berichte er vor dem königlichen Kabinett:

Da wären wir also am heutigen Abend vollzählig!

Der Herr Hofrat werde augenblicklich erscheinen, sagt er noch, von keinerlei Mienenspiel bewegt, den Blick seiner grauen Augen über den Köpfen der um ihn Stehenden gewissermaßen in der Schwebe haltend, er mache es sich, mit ausdrücklicher Zustimmung des Herrn Hofrates, zur Aufgabe, Neulinge, aber auch alle anderen Gäste im Voraus ein wenig zu beraten, um ihnen alles, den ganzen Ablauf, angenehmer, leichter und freier zu gestalten. Zuförderst (er sagt tatsächlich dieses altertümliche Wort) sei es das Günstigste, ganz unbefangen und natürlich dem Hofrat gegenüberzutreten, man solle nicht verkrampfen und so tun, als sei man bei seinem intimsten Freunde geladen, denn dies liebe er am meisten, mit wenigen Freunden, unter die nur ein oder zwei neue Personen, die er noch nicht kenne, gemischt seien, geradeso wie heute, in trauter Runde ruhige, eindringliche Gespräche zu führen. Denn nichts liebe er mehr als den Austausch der Gedanken, die Wechselwirkung der Geister, und sie würden sehen, sagt Rehberg in die Runde, dass es nirgendwo einen größeren und zugleich liebenswürdigeren Meister des Gespräches gäbe.

Vor nichts und keinem, selbst dem kompliziertesten Thema der Literatur und Politik, solle man sich scheuen, oder gar verbissen ein Notabene verweigern, welches angeschlagen sei, denn der Hofrat, eine der sensibelsten Naturen, die man sich vorstellen könne, spüre, ja er wittere sofort solche Hemmung und sie stecke ihn an, teile sich ihm auf dem Wege unbekannter magnetischer Seelenkräfte sofort mit, und er verfalle dann nicht selten selbst in eine Art Schüchternheit, die jedes Gespräch augenblicklich zum Erliegen bringe. Am besten sei es daher, doziert Rehberg, ganz

einfache, natürliche Ereignisse aus dem täglichen Leben zum Anlass oder zum Beispiel zu nehmen, um das zu sagen, was man sagen wolle, wobei, Rehberg räuspert sich, es sich von selbst verstehe, dem Herrn Hofrat gegenüber keine niedrig gesinnten oder gar gemeinen Fälle zu berichten. Augenblicklich verschleiere sich sein Blick und er brächte es fertig, die Runde ohne Gruß zu verlassen. Und natürlich müsse man die liebenswerte Angewohnheit des Herrn Hofrates berücksichtigen, dass es ihn im Laufe solcher erbaulichen Gespräche auch anwandeln könne, neben seiner Weisheit und einiger Sinnsprüche aus seinem Leben, dem Erdachten und Erlebten, auch noch immer Proben seiner Vorlesekunst zum Besten zu geben. Daraus sei viel zu lernen, auch noch für solche, die sein Wesen und seine Persönlichkeit schon kennen, wie natürlich für jene, die ihn zum ersten Male sähen und erlebten. Es verbiete sich von selbst, während solcher Lesung dazwischenzureden und eigene Anmerkungen anzubringen. Keinesfalls sollten Sie, Rehberg verneigt sich in die Runde, diese seine Maßregelungen als Zeremoniell oder Zwang verstehen, es habe sich im Laufe der vielen Jahre und der nicht zu zählenden Gesellschaftsabende vielmehr nur eine Abfolge und ein beinahe natürlicher rhythmischer Verlauf ergeben, der Erfolg und Zufriedenheit für alle Seiten sichere.
Rehberg macht eine Pause, in der er durch tiefes Einatmen den Gästen zu verstehen gibt, das Gesagte zu bedenken und sich auf das Kommende einzurichten. Die Sängerin, ein leidenschaftlich, tiefes Rot färbt ihre Wangen, auch sie ist zum ersten Male bei Ludwig Tieck, sie fühlt sich gemaßregelt, ist verärgert und solch lehrhaftes Gerede nicht gewöhnt, sie blickt Paganini von der Seite an, wie er diese Rehberg'sche Rede empfände. Na los, sagen Sie was, eine Frechheit! denkt sie, und ihre Augen bekommen einen blauschwarzen Schimmer. Der aber fühlt den Blick der schönen Sängerin, steht steif und gerade, und man kann sehen, wie ihm diese Haltung Mühe macht. Seine Violine hat er einem Bedien-

ten übergeben, indes sie fehlt ihm, die Guaneri, seine Hände sind unruhig. Tastend spielerisch fahren sie über den glatten, seidigen Stoff seines Anzuges. Paganini hat nicht alles verstanden, was sein Vetter ihm im Flüsterton übersetzt; ablesbar an seiner Mimik, die ein wenig der Rede nachschleppt, zeigt er kaum eine Reaktion, denn er ist in Gedanken schon bei seinem Konzert, das in zwei Stunden beginnt, und bei seinem Sohn Achille, der in einem Nachbarraum hoffentlich schläft, wie er liebevoll denkt und sich das Bild des Kindes vorstellt. So ist sein Blick nach innen gerichtet, manchmal aber blickt er verstohlen auf und um sich, blinzelt angestrengt, die Augen, sagt er sich ein wenig ärgerlich, besonders das linke, wollen heut nicht so, er sollte einen Arzt konsultieren, denn das Notenlesen, was er heute beim Quartettspiel nötig hatte, ist wieder schwer und nur mit Anstrengung gegangen.
Und er steht mit unbewegtem Gesicht, eine Pflicht, denkt er, die vorübergeht. Dann fühlt er wieder die Blicke, die Nähe der Sängerin, ein Kribbeln fährt ihm hinter den Ohren den Rücken hinab. Madonna!
Harrys lächelt nervös, er blinzelt aufgeregt, tritt von einem Bein auf das andere, blickt sich um, aus welcher der zahlreichen Türen des Empfangsraumes nun endlich der berühmte Hofrat Tieck träte, dann hüstelt er, räuspert sich, ein Zeichen, dass er etwas zu entgegnen hat.
Ja, also, sagt er und verneigt sich gleich mehrere Male, wirft einen Seitenblick, er spräche auch für den Meister Paganini, der die Ehre, bei einem bedeutenden Mann vom Format des Herrn Hofrates empfangen zu werden, wohl zu schätzen wisse, und der Ritter Paganini bedanke sich, wie auch er selbst, Harrys, für die Hinweise des Herrn Geheimen Rates. Viele werden, Ihrer hilfreichen Einführung eingedenk, schon dankbar gewesen sein, indes ein Herr wie Niccolò Paganini, der schon die Ehre hatte, von gekrönten Häuptern, darunter vom Kaiser Napoleon I. geehrt wor-

den zu sein, wisse sich zu verhalten, und benötige derlei Hinweise nicht, aber er nähme sie trotzdem freundlich auf, denn er wisse, dass das herzliche Wohlwollen eines Gastgebers ein schönes Geschenk sei, und nichts liebe der große Künstler mehr als freundliche Harmonie.
Ribizzo übersetzt, ans Ohr Paganinis geneigt, Wort für Wort. Paganini lauscht und nach kurzem Sinnen und Innehalten, währenddem seine Augen einen unverständigen, träumerischen Ausdruck annehmen, lächelt er, neigt sein schwarzes Lockenhaupt, lächelt wieder, sagt: *Si, realmente!*
Doch der Geheime Rat Rehberg ist nicht irritiert. Im Gegenteil. Er steht, als habe er kein Wort der Entgegnung gehört, den Blick der grauen Augen immer noch über den Köpfen der Runde, wendet sich dann abrupt, ohne Übergang und ohne ein Wort der Erwiderung einem diskret herangetretenen Bedienten zu, fragt halblaut: Ist der Hofrat bereit? Fühlt er sich? Wie ist die Laune? Der Bediente schaut dem Frager gleichgültig ins Gesicht, dann zuckt er die Achseln, geht ab, schiebt eine große Tapetentür beiseite und ruft in den Raum mit eingelernt wirkender, leiernder Stimme:
Der Herr Hofrat Ludwig Tieck gibt sich die Ehre!
Tieck kommt unsicheren Schrittes, das linke Bein etwas nachschleppend, herein. Seine beachtliche Leibesfülle wird durch den geöffneten Rock und die darunter glitzernde grünseidene Weste noch sichtbarer. Auf der linken Brustseite blitzt ein silberner Stern, der wie ein Orden aussieht, und eine wertvolle Spange hält das hellblaue Tuch zusammen, das zwischen den hohen Kragenecken bei jedem Schritt kleine seltsame Falten schiebt. Seine hellbraunen Augen schauen misstrauisch, ein wenig leidend, ja beinahe verbittert aus einem gelblichen Gesicht, das von einer großen, fleischigen, auffällig geraden Nase und der überhohen Stirn bestimmt wird. Das Haar, an den Stirnecken licht, nach der neuesten Mode nach vorn gekämmt, hat dem Kamm widerstanden und sich am rechten Hinterkopfe widerborstig aufgerichtet.

Und gerade diese widerstrebenden Haarbüschel geben dem alternden Mann etwas Aufrechtes, Streitbares, als sei in ihnen ein unvergänglicher Rest der Jugend und Revolution der neunziger Jahre des letzten Jahrhunderts bewahrt.
Tieck ist in seinem achtundfünfzigsten Lebensjahr, und längst ist aus seinem Äußeren der leidenschaftliche Schwärmer und Romantiker verschwunden, er ist jetzt Hofrat am Sächsischen Hof, verkörpert Sicherheit und Bedeutung, Reife und Abgeklärtheit. Paganini sieht die Fülle und das Strotzende des Mannes, er weiß nicht, wie sehr Tieck von Gicht und erhöhtem Blutdruck gequält wird, aber er denkt an seinen eigenen gepeinigten Körper, den er immer wieder dem Willen und der unbeugsamen Kraft unterordnen muss. Bald wird ihm der letzte Zahn aus dem Oberkiefer ausgefallen sein, und sein Leib macht ihm Beschwerden, dass er sich manchmal kaum zu setzen wagt. Auch die ständige Heiserkeit und der Husten quälen ihn unaufhörlich. Und so empfindet er Neid diesem Fleischberg gegenüber, sofort erwacht der unterjochte, geprügelte Knabe von vierzehn Jahren in ihm. Er sieht den gewalttätigen Vater, die weinende Mutter, das Elend und die Verbitterung seiner Kindheit. Paganini hustet verkrampft, ihm schmerzt die Brust, der Husten will nicht aufhören, er tritt einen Schritt beiseite, ein großes Schnupftuch ziehend.
Tieck schaut bei seinem Hereinkommen erstaunt auf, aber nur kurz hebt er die Brauen, dann geht er auf die Dame, die Sängerin Schröder-Devrient zu, zwingt sich zu einem liebenswürdigen Gesicht, obwohl er am heutigen Abend wieder das schmerzende Gelenk spürt und es ihm bei aller Anstrengung nicht gelingt, gleichmäßig aufzutreten. Er muss das Bein schonen, und so geht er deutlich hinkend die zwei Schritte zu der schönen Frau hin, ergreift ihre hingestreckte Hand und beugt sich zum Handkuss.
Meine liebe Hofopernsängerin, beste Frau Schröder-Devrient, sagt er mit seiner wohlklingenden, tiefen Stimme, mit der er so vortrefflich vorzulesen versteht, die gerühmt ist weithin, wie freu

ich mich, Sie nun auch einmal persönlich in meinem Hause begrüßen zu dürfen. Lange versucht ich's schon, Sie hierher zu bitten, aber Sie wissen selbst, der Dienst, der Ihre wie der meine, hat es verhindert! Und man weiß, Sie machen sich rar, gehen nicht gern auf Empfänge und Soireen. Nun aber, wo wir einen hochgerühmten Mann in unserem bescheidenen Dresden willkommen heißen, nun, sehen Sie, will es endlich auch mit uns klappen.
Die Devrient lächelt, deutet einen Knicks an.
Und er wendet sich Paganini zu, der, wieder herangetreten, eine höfliche Verbeugung macht und dem Beleibten die Hand reicht. Tieck ergreift sie mit beiden Händen, sagt: Aus dem Land, wo unter lieblicher Sonne der ewige Garten uns entgegenstrahlt, wie der große Goethe, als er in Ihrem schönen Italien weilte und wanderte, einstmals geschrieben hat. Wir haben, lieber Herr Paganini, schon vielfach Kunde von ihren einzigartigen Konzerten und Auftritten erhalten, die so gewaltig sein sollen, dass mancher meinte, im Himmel zu sein oder das Jüngste Gericht sei gekommen. Dass Sie dies alles auf einem unscheinbaren Stück Holz, wie einer Geige, vermögen, setzt uns in Erstaunen und wir sind allesamt, er macht eine weit ausholende Geste, Bewunderer Ihrer Kunst.
Ribizzo übersetzt, und über Paganinis Gesicht ziehen die Tieck'schen Worte hin, wie Wolken und Sonnenschein. Er weiß, er muss jetzt etwas sagen, doch er ist kein Mann des großen Redens, auch ist er heiser, also ruft er, sich halb umwendend zu dem Bedienten: *Guaneri mio! Presto! Lascerò parlare il violino!* Ganz spontan ist ihm das eingefallen, er weiß, mit seiner Geige kann er am besten zu den Menschen sprechen, mit zwei, drei Bogenstrichen hat er sie für sich eingenommen, am sichersten fühlt er sich immer noch, denkt er, während er das ihm eilends gereichte Instrument mit den Händen ergreift, wenn er Geige spielt. So auch jetzt, indem er die Violine ansetzt, sie ein wenig einstimmt, fühlt er, wie ein Zauber auf ihn übergeht, alles ist vergessen, Krankheit

und Schmerz, Ärger, die Menschen um ihn her. Sein Blick fällt auf die schöne Sängerin und er stellt sich vor, wie sie vor einigen Stunden in ihrem Haus im Ankleidezimmer vor dem Spiegel gesessen hat, wie sie ihr Haar gebürstet, gekämmt, gelockt, mit Blumen geschmückt, wie sie ihren biegsamen, wunderschönen Körper mit Wohlgerüchen und Puder verwöhnt hat, sich von einer Zofe oder einer Gehilfin das Korsett hat schnüren lassen, wie sie dann in ihr hellseidenes Kleid geschlüpft ist, die seidenen Strümpfe glatt gezogen, sich mit ihren Händen am Bein entlang nach oben, die Innenseite der Schenkel aufwärts gefahren ist, ein wonniges Gefühl spürend, und wie sie sich immer wieder vor dem Spiegel gedreht und gewendet hat.
Das denkt Paganini in den Sekundenmomenten, in denen er sich zum Spiel vorbereitet, und er sendet einen schwarzen Glutblick hin zu dieser schönen Frau, für die allein nur er jetzt spielen will. Immer hat er sich bei seinem Spiel einen ganz bestimmten Menschen, meist eine Frau vorgestellt, die er mit seinen Tönen betören, beglücken, mit der er sich vereinigen will, er sieht sie im Spiel in seine Arme sinken, vor ihm niederknien, ihn anflehen, Tränen fließen, ein Flehen, ein Jammern hört er und sein Geigenspiel bezwingt die Frau, immer ist er der Beglücker, der Sieger, der Held, wie auf dem Schlachtfeld der große Napoleon. Und ihm ist, als loderten Flammen, als besäße er unbezwingbare Kraft, ob nun im Wirbel irrsinniger Tonläufe oder im unvergleichlichen Schmelz eines Adagios. Aus dem glänzenden polierten Holz der Violine strömt ihm die Kraft zu, eine immer wieder neu entstehende und nie erlahmende Kraft, die aus der Berührung seiner Haut mit dem Holz kommt, wie bei Theseus, wenn er die Erde berührend neue Kraft von seinem Gottvater erhält, und er liebt sie, diese Violine, deshalb wie eine Zauberin, die ihn erhält und von der er abhängig ist, und er fühlt sich diesem Instrument ausgeliefert, sie ist seine Göttin, seine Teufelin, seine einzige, seine wahre Geliebte.

Paganini hebt das Instrument, setzt den Bogen an.
Im Empfangsraum ist Stille, Erwartung und Staunen. Keiner hat gedacht, dass dieser Italiener, noch während der Begrüßungszeremonie, mit welcher der Hofrat Tieck nicht zu Ende ist, solches tun, seine Geige nehmen und ein Solo hinlegen wird. Staunen und große Augen und Schweigen, das von der Überraschung herrührt, sind im Raum. Es staunt der Staatsminister a. D. Rehberg, es staunen die beiden Herren Förster und von Bülow, auch der Hausherr, dem man solches nicht vorausgesagt, ist überrascht und hat sich rasch von einem Bedienten einen Sessel bringen lassen. Aber, es ist ihm willkommen, den Paganini auf diese Weise zu hören, wo er doch wegen seines Beines nicht in die Oper kann, ja, er freut sich, und so lächelt Tieck in seinem Lehnstuhl, gütig, väterlich, jovial. Ja, es ist ihm angenehm.
Wilhelmine Schröder-Devrient aber, die Sängerin, hat Paganinis Blick eingefangen. Obwohl erst fünfundzwanzig, kennt sie sich aus mit den Männern, hat sie Affären, Liebschaften in ziemlicher Zahl hinter sich, vor einem Jahr ist ihre Ehe mit Karl Devrient geschieden worden und man hat ihr die vier Kinder genommen, sie ist eine leidenschaftliche Frau und Künstlerin, und mit dem hier, diesem Paganini, das spürt sie, könnte es eine Affäre werden, kurz, reizvoll, von höllischer Glut, verzehrend. Nach ihrem Geschmack. Sie hat seinen Blick empfangen wie einen Pfeil, und sie weiß, *sie* hält er in seinen Händen, nicht die hölzerne Violine, nein sie, die gefühlvolle Frau, die auf jeden Druck seiner Finger reagieren wird, *sie* will er bezwingen, *sie* soll lustvoll singen, stöhnen, jammern und dann im Aufschrei vergehen. *Sie,* die Frau liegt in seinen Händen und wartet, sehnt sich nach dem ersten Ton …
Das Erste, was zu hören ist, kommt von unten her, von seinem rechten vorgeschobenen Fuß, dreimal tippt er damit, tapp-tapp-tapp, ehe er dann, die Geige lässig abwärts haltend ohne Kinnhalter, in einem rasenden Wirbel von Tonläufen, Doppelgriffen,

Flageoletts eines seiner Capriccios spielt, welches die Anwesenden starr vor Staunen, Entsetzen und Verzückung werden lässt. So spielt kein Mensch, vor ihnen steht ein Gespenst, ein Teufel, der augenblicklich, mit dem ersten Ton alles um sich her in seinen verzehrenden Bann zieht. Es sitzt der beleibte Ludwig Tieck in seinem Lehnsessel, und sein Gesicht, die Augen bekommen einen ungläubigen, ja beinahe blöden Ausdruck, die Herren Förster und von Bülow und der Italiener Ribizzo starren erschrocken, wie auch die beiden Bediensteten in ihrer Livree jede Bewegung verloren haben. Der Staatsminister a.D. Rehberg hält sein Gesicht mit der rechten Hand bedeckt, er hat sich an eine der zierlichen Kommoden gelehnt, ein Zittern durchläuft seinen Körper. Ein Beben, das von innen kommt, eine sichtbare Erregung hat auch die Sängerin Schröder-Devrient erfasst, ihre Augen glänzen fiebrig, hastig hebt und senkt sich ihre Brust, werden ihre halbnackten makellosen Brüste wie kleine Bälle verformt, gedrückt, presst sie ihre Hände zu Fäusten, dass die Knöchel weiß hervortreten.

Nur der Reisesekretär Harrys scheint unbeeindruckt, er zeigt ein triumphierendes Lächeln, lässt, die Arme vor der Brust verschränkt, für alle sichtbar erkennen, er habe ihnen, diesen Herrschaften hier im Hause Tieck, dieses Vergnügen verschafft, er kenne die Kunst des Italieners, er wisse, was der wert sei und es sei noch lange nicht alles, was sie zur Zeit hier zu hören bekämen, die Zauberei habe eben erst angefangen.

Und Paganini scheint sich tatsächlich selber in einer Art von entrücktem Zustand zu befinden. Er hält die Augen geschlossen, seine linke Hand, die, was erst jetzt deutlich zu sehen ist, größer, deren Finger länger und kräftiger als die der rechten sind, fährt mühelos von einem Ende des Griffbretts zum anderen, streckt sich bis zum Steg, berührt ihn, um im nächsten Augenblick in einem wilden Fingerwirbel, bei dem das Auge die einzelnen dieser Zauberklöppel nicht mehr erkennen kann, die Saiten nur

noch anzutippen, ja zu schlagen, während die rechte Hand mit dem Bogen, ihre Kraft nur aus dem sich bewegenden Unterarm schöpfend, denn den Oberarm presst er, als sei er gelähmt, eng an den Körper, drüber hinfährt und die Töne, die im Innern der Violine zu hocken scheinen, dem Instrument entlockt, entreißt, beschwörend, lieblich, dann wieder voller Gier, plötzlich zupft auch sie mit einem ihrer Finger die Saiten, lässt Töne wie von einer Gitarre erklingen, zupft mit zwei Fingerspitzen zwei Saiten auf einmal, und eine Musik erfüllt den Raum, als spielten mehrere Geigen, ja ein ganzes Orchester zur gleichen Zeit eine Musik, wie sie die Anwesenden sinnlicher, verwirrender und faszinierender noch niemals gehört haben, wie sie sich kaum in Worte, Worte mit ihrem beschränkenden, eng begrenzten Sinn, fassen lassen.
Ein artistisches Schauspiel sehen sie, Arpeggien in Vierergruppen, Terztriolen, Oktaven-Doppeltriller, all dieses Feuerwerk, was kein Lebender beherrscht, und dennoch ohne Selbstzweck, in betörende Melodien verpackt, in Harmonien, wie sie dem singenden Volke abgelauscht scheinen. Es ergreift sie alle, die in diesem Raum sind, den alten Tieck, der plötzlich sein schmerzendes Bein nicht mehr spürt, die Herren Förster und von Bülow, Rehberg, Ribizzo, die Sängerin, die sich, von Tönen umspült, wie in einem Rausch befindet, die Livrierten. Sie alle fühlen sich in einem Taumel, in einem blühenden, irr duftenden Gestrüpp aus Tönen, das sie umfängt und aus dem sie sich nicht entwinden können.
Harrys hat sich auf Zehenspitzen davongeschlichen, er will nach dem Kind sehen, etwas Nützliches tun, ihn rührt die Musik nicht an. Er kenne dies alles, er habe es zu oft gehört, denkt er sich.
Und Paganini spielt weiter, er denkt nichts bei all dem, was er seiner Geige entlockt, er, der Mensch, der Mann Paganini, ist nur noch wallendes, wucherndes Gefühl, automatisch, wie von selbst, bewegen sich seine Hände, sein ganzer Körper, er liebt, er taucht ein, er verliert sich an seine Musik. Alles ringsum vergisst er, er hält seine Geliebte in den Händen, die begehrenswerte

Frau, die er liebkost, der er Gewalt antut, lustvolle Gewalt, die er streichelt, küsst, der er sich hingibt bis zum erschöpfenden Ende. Nur schemenhaft, wie im Nebel sieht er die ihn Umstehenden, erinnert er sich dieser Menschen, allein die Sängerin nimmt er deutlicher wahr, ihm ist, als sei sie den Tönen, seinen Melodien, dieser schäumenden Welle wie eine Venus entstiegen, doch, wer sie ist, das weiß er nicht mehr, wie er alles beim ersten Ton vergessen hat, was um ihn ist und aus der Menschenwelt stammt. Nach dem Furioso des Anfangs hat er jetzt eine schmelzende Melodie gewählt, ein markantes Motiv, die Caprice Nr. 9, ein Allegretto in E-Dur. Die fröhliche Melodie zaubert im Nu ein Lächeln, eine Verzückung auf alle Gesichter, vergessen ist die Anspannung, die sie soeben noch beherrschte. Alles löst sich, lockert sich, macht heiterer Freude Platz. Wie kann man bei diesen lustigen Tönen dunkle Gedanken denken, man möchte sich auch mit dem unangenehmsten Nachbarn an den Händen fassen, man will sich umarmen, sich küssen, Freudentränen weinen. Ja, es ist ein geheimer Zauber in dieser Musik, in diesem düster aussehenden Manne selbst, der da vor ihnen steht und ihre Gefühle beherrscht, als hielte er sie an unsichtbaren Fäden. Nur durch seine Musik, durch sein hölzernes Instrument, das mit Stahl- und Katzendärmen bespannt, mit unbekanntem Lack bestrichen, dessen Rezeptur der Erbauer wie auch das Alter und die Herkunft des Holzes mit ins Grab genommen hat, und durch die Beschwörung seines Spiels, in das sein ganzes Leben voller Qualen, Leiden, Freuden und Lastern eingesponnen scheint, hat er sie alle verhext, zu seinen Mitverschworenen gemacht, zu seinen Mitgefangenen, in süße Knechtschaft und Selbstverleugnung gezwungen.
So denken und fühlen die Zuhörer, wenn auch ein jeder mit seinen eigenen Worten und Formeln, jeder aus seinem Ich heraus sinnt, fühlt, denkt. Sie stehen (Tieck ist der einzig Sitzende) gebannt, wie fest gezurrt auf dem teuren Parkettboden und können sich nicht bewegen …

Da senkt Paganini den Bogen, verneigt sich, sagt: *La mia musica è stato il mio saluto!* Heiser und unwirklich klingen seine Worte in die Stille des Raumes hinein. Noch singt, noch sirrt die Spannung der eben gehörten Musik im Raum wie eine gespannte Sehne, wie der Nachhall von etwas Ungeheurem, Göttlichem. Keiner sagt etwas. Betroffenes Schweigen lähmt sie alle. Und gerade als eine Bewegung durch den massigen Körper Ludwig Tiecks geht, er den Mund für ein paar Dankesworte, eine geistreiche Entgegnung öffnen will, zuckt Paganini, als besänne er sich, lächelt, ergänzt, er habe vergessen, die schöne Sängerin, die einzige Dame in der Runde mit seiner Geige zu begrüßen.
Sie, die Künstlerin, sei ein paar besonderer Töne wert.
Ribizzo, überrascht, aber geistesgegenwärtig, ruft die italienisch gesprochenen Worte auf Deutsch in die Runde. Die Herren schmunzeln, neigen ihre Köpfe, die Sängerin errötet. Noch einmal hebt Paganini also die Violine. Was will er spielen? Will er eine Posse mit der Schröder-Devrient treiben? Ausgerechnet mit ihr, einer Dame, der ersten Dame der Dresdner Hofoper, die erst kürzlich ein Kunstkritiker mit der Sixtinischen Madonna aus der königlichen Gemäldesammlung verglichen hat? Einzig sei sie, hat dieser gesagt, die Wilhelmine Schröder-Devrient, einzig wie die Madonna des Raffael. Was will er Besonderes spielen, dieser teuflische Geiger aus Genua? Man hält den Atem an.
Paganini aber spielt ein einfaches Thema auf der g-Saite, dieser Saite, die er besonders liebt, der er den warmen Cello-Klang zu geben vermag wie kein anderer lebender Geiger, die ihm die liebste ist, diese Saite, der er sogar eine Sonate zu Ehren Napoleons gewidmet hat, obwohl das, was er jetzt spielt, gar nicht den Korsen verherrlicht, im Gegenteil, eher gegen den napoleonischen Geist für eine Sopranstimme geschrieben worden ist, für eine Sopranstimme mit Orchester. Er spielt die Arie der Leonore aus dem ersten Akt von Beethovens »Fidelio«. Jeder im Raum kennt diese Melodie, jeder weiß, es ist die Arie der Wilhelmine

Schröder-Devrient, mit der sie gefeiert, bejubelt wird, in Wien, in Dresden, überall. Diese Arie hat sie bekannt gemacht, neben der »Eurianthe« ihres alten Freundes Weber, mit dieser Arie ist sie zur Hofopernsängerin in Dresden geworden, sie ist in den Augen des Publikums die einzige, die wahre Leonore. Kritiker umjubelten sie wegen ihrer Leonore. Der taube Beethoven selbst hat sie in dieser Rolle in Wien bewundert und beklatscht. Und nun spielt dieser Italiener diese Musik, spielt die Musik des Mannes, wie er oft gesagt hat, den er unter den Komponisten am meisten verehrt:

> Komm, Hoffnung, lass den letzten Stern
> der Müden nicht erbleichen!
> O komm, erhell mein Ziel,
> sei's noch so fern,
> die Liebe, sie wird's erreichen.
> Ich folg dem innern Triebe,
> ich wanke nicht,
> mich stärkt die Pflicht …

Die Sängerin hält es nicht am Platze, sie schnellt zu dem Geiger hin, stellt sich an seine Seite, nimmt die Pose wie auf der Bühne ein, singt die Strophe, die er nun von vorn beginnt, mit ihrer unvergleichlichen Stimme und mit ihrem von der Bühne bekannten begeisternden Gestus, während Paganini den Orchesterpart übernommen hat. So verschmelzen sie ineinander, umschmeichelt die Violine die Singstimme, geht der Gesang in den Klang der Geige ein, webt ein hymnisches Gespinst aus Tönen im Raum, erklingt diese betörende, die unvergleichliche Musik Beethovens, und alle scheinen die Opernszene vor sich zu sehen, fühlen sich versetzt, hin zu Rocco, Pizarro, Leonore; die Männer, Förster und von Bülow, fallen sich, sie wissen nicht wie, in die Arme, und die Augen Tiecks schwimmen in einem Tränensaum.

Und als sie geendet haben und eine Sekunde feierlichen Schweigens verstrichen ist, da umarmen sich die beiden Künstler. Wilhelmine, die bisher nur wenige Worte gesagt hat an diesem Abend, hochrot, schwer atmend, sinkt vor Paganini auf die Knie, ihr sei, sagt sie, und ein erregtes Flattern ist in ihrer Stimme, als habe sie soeben ein wertvolles Geschenk erhalten, sie wisse nicht, wie sie eine solche Verneigung vor ihr und dem Geiste Beethovens vergelten solle.
Paganini hilft der Dame auf, antwortet, unterstützt durch Ribizzos Übersetzung, er wolle sie, wenn sie gestatte, am heutigen Abend in sein Konzert einladen, und so wie jetzt eben, ruft er laut, wollen wir gemeinsam auftreten. Ihren Beethoven spiele die Kapelle vom Blatt, so viel könne man verlangen, da müsse man nichts extra proben, schließlich sei sie ja damit auch hier in Dresden schon unter großem Beifall aufgetreten. Ein herzliches Lachen färbt sein blasses Gesicht für den Moment flammend rot, er verneigt sich galant vor der Sängerin, seine schwarzen Locken kräuseln sich in der Stirn. Madame, geben Sie mir die Ehre, ich bitte Sie, sagt er auf Französisch (es ist so ungefähr das Einzige, was er in dieser Sprache sprechen kann). Und die Sängerin antwortet, nun auch auf Französisch: Herzlich gern, Monsieur, mit besonderer Freude! Dann küssen sie sich noch einmal, und Paganini spürt in diesem Kuss eine drängende Innigkeit, ein sich Geben-Wollen, dass er verlegen wird. Nicht jetzt, denkt er, nicht hier! und er schiebt sie sacht von sich weg. Sie schauen einander mit einem langen Blick in die Augen, und sie wissen beide, eine auflodernde Leidenschaft, eine Leidenschaft, welche die Musik entzündet hat, brennt in ihnen, eine Gier aufeinander hat sie ergriffen.
Die Runde applaudiert. Man ist begeistert. Angelockt von diesem Lärm ist der kleine Harrys wieder hereingekommen, versucht Paganini ein Zeichen zu machen. Der Kleine, er ist wach, er weint, was soll ich tun, flüstert, gestikuliert er. Doch der Vater

hat in diesem Moment nur noch Augen für die Sängerin, die vor ihm steht und ihn von oben bis unten beschaut. Sie wolle seine Geige berühren, bitte, sagt sie und hebt kokett die eine Hand, lächelt. Doch er schüttelt den Kopf.
Später, sagt er auf Italienisch, später!
Endlich kommt Ludwig Tieck zu Wort.
Er erhebt sich aus seinem Lehnstuhl, wird dabei von einem Livrierten gestützt, nimmt den rechten Arm etwas nach oben, öffnet die Hand, nimmt diese Redehaltung ein, wie sie von antiken Rednern überliefert ist, und tatsächlich, man könnte sich den beleibten Herrn in einer weißen Toga mit Purpurstreif im Halbrund des römischen Senats vorstellen, während er in seinem dunklen Rock mit der grünseidenen Weste und dem Silberstern jedoch ganz der jetzige Dresdner Hofrat ist, dann bewegt er den Mund, indes kein Ton fährt daraus hervor, ein kleines dunkles Oval nur ist zu sehen, seine Augen verengen sich, Fältchen legen sich, formen sich um diese Augen, Augen matt und glanzlos, sein ganzes Gesicht scheint in Bewegung, kündend vom bevorstehenden Ausbruch einer Redeflut und Wortgewalt, ehe er schließlich in seinem angenehmen, wenn auch ein wenig schleppenden Tone sagt:
Vielen, liebevollen Dank Frau Hofopernsängerin und auch Ihnen, bester Ritter Paganini, auf unserem kleinen improvisierten Empfang uns eine solche Probe Ihrer hohen Kunst zu geben, ist doch mehr als ein Geschenk, es ist eine Auszeichnung.
Er sei ihnen, sagt Tieck, zu ewigem Dank verpflichtet, reicher und glücklicher sei er durch ihre Darbietung geworden. Das Theater, wie die Musik, spricht er ohne eine Pause weiter, in ihrer mit der Literatur gedeihlichsten Verbindung, der Oper nämlich, habe in seinem Leben den größten Einfluss gehabt, solcher Kunst verdanke er seine genussreichsten Stunden. Freilich, durch das Theater sei er früher sehr gefördert worden, wie es später ihm auch manchen Verdruss bereitet habe. In seiner Jugend habe namentlich das Theater für ihn einen unüberwindlichen Reiz ausge-

strahlt, besonders das Drama, die dialogische Form habe für ihn immer schon etwas Anziehendes gehabt.

Nachdem er in seinem Leben, redet Tieck unentwegt weiter, während seine Zuhörer, auch die Schröder-Devrient und Paganini, noch um ihn stehen und andächtig oder höflich schweigen, nachdem er also in seinem Leben, so vieles gelesen und so manches schlechte Buch nicht habe beenden können, habe er immer, wo er etwas Dramatisches sehe, zuerst danach gegriffen, und, so schlecht es auch gewesen sei, eher keine Ruhe gefunden, bis er zu Ende durchgelesen habe. Heute sei das dramatische Theater tief niedergesunken, und auch mit der Oper werde es leider nicht anders gehen, und es sei ja eine schwierige, kaum lösbare Aufgabe, ein Theater erfolgreich zu leiten, und undankbar sei es obendrein. Man könne es beim besten Willen keinem recht machen. Jeder wolle mitreden, und die Schauspieler seien schwer zu leiten; in der Regel sind sie eitel, dünkelhaft und eigensinnig. Sicher sei es an der Oper nicht anders, dort kämen noch die Musiker hinzu, von denen ein jeder glaube, er sei der wichtigste, und die es, wie er wisse, manchem Sänger oder Dirigenten schwer machten.

Die Sängerin blickt wütend vor sich hin. Sie weiß nicht, wo hinaus der gelehrte Tieck will, ihr scheint dieser Empfang, zu dem sie nur aus Neugier wegen des Italieners gekommen ist, auf einmal öde, langweilig und nicht wahrhaftig. Sie wird unruhig, schaut andauernd zu Paganini. Der aber steht geradeaus blickend höflich, schweigend da, von seinem Vetter mit dem nötigsten Inhalt auf Deutsch versorgt.

Heute könne er sich, sagt Tieck, nur noch über das Theater ärgern. Sehe er eines der schlechten Stücke erträglich gespielt, so verdrieße es ihn, sehe er aber ein gutes Stück schlecht gespielt, so verdrieße ihn dies ebenso. Dennoch könne er das Interesse für das Theater nicht loswerden, und, wenn er gefragt werde, wie das erst jüngst wieder der Fall am Dresdner Schauspiel gewesen sei, seinen Rat zu geben, so gäbe er seinen Rat, ja er studiere dann wohl selbst sogar ein paar Rollen mit den Schauspielern ein. Und dies hänge so zusammen, dass alles Reflektieren und Räsonieren seiner Natur fern liege, immer habe er die Dinge im Zusammenhang und im Ganzen aus der Begeisterung und aus dem Gefühl heraus gesehen, und jetzt im Alter habe diese Fähigkeit nicht abgenommen, sondern sich gesteigert …

Es ist eine Pause eingetreten. Man hüstelt, man räuspert sich. Kein Wort löst sich aus einem Mund und lockert das Schwere und Erhabene des eben Gesagten auf. Es ist als schwebe eine Glocke aus Feierlichkeit und Pathos im Raum. Paganini blickt nach einer großen Standuhr. Noch eine und eine halbe Stunde bis zum Konzertbeginn, eine Weile noch will er bleiben, der Höflichkeit Genüge tun, Achille fällt ihm ein, und er blickt sich unruhig nach Harrys um, der in der Nähe der Tür stehen geblieben ist. Mit der Sängerin könne er sich im Wagen abstimmen, denkt er, wegen des Auftritts ist ihm nicht bange, dennoch fühlt er ein leises Kribbeln, wenn er an die schöne Frau neben ihm denkt, aber er hat keinen Plan, hat nichts Bestimmtes im Sinn, er sieht sie an und fühlt das Erotische, die süße Schwere, die von ihr ausgeht, und er weiß, morgen muss er von hier abfahren, nach Weimar, wo der nächste Auftritt sein wird, nachdem man sich in Leipzig, wohin er zuerst gewollt, wegen der Eintrittspreise und der Saalmiete nicht hat einigen können, ihm fallen Zahlen und Summen ein, die er verlangt hat und die man ihm nicht geben will, warum soll er in Leipzig weniger verlangen als in Prag oder hier in Dresden, und eine Saalmiete von einhundert Zechinen, die sie in Leipzig für ihren Gewandhaussaal verlangen, das will, das kann er nicht bezahlen, sie werden schon noch nachgeben, die Leipziger, denkt er, wenn er erst in Weimar aufgetreten ist, wird man nicht nachstehen wollen. Nach Berlin führe er, hat er bestellen lassen. Ja, von Weimar aus direkt nach Berlin, und Leipzig werde er auslassen, ha. Diese Leipziger mit ihrem Messeverstand, sie würden schon nachgeben, sagt er sich, er sei kein

Kaufmann, aber mehr als fünfzig werde er nicht zahlen. Basta! Oder die Eintrittsgelder würden hochgeschraubt, verdoppelt, verdreifacht. Drängeln werden sie sich trotzdem, sich prügeln um die Karten, egal, was sie dafür bezahlen müssten. Geld! denkt er, Bezahlen, Einnahmen, Kosten – diese drei Worte. Er müsse den Ribizzo bitten, heute noch, in einem stillen Winkel oder nach dem Konzert, sein Bilanzbüchlein, das er immer bei sich trägt, durchzugehen, immerhin, Ribizzo sei sein Vetter, denkt er, und Italiener dazu, ein Landsmann, da habe er mehr Vertrauen als zu des Harrys Rechnereien, nein eigentlich habe er zu diesem Harrys nie richtiges Zutrauen gefasst, zumal in Rechnungssachen und der Kontrolle der Einnahmen. Freilich, organisieren könne er, das sei unbestritten, aber ein Landsmann bliebe ein Landsmann, Ribizzo werde ihm schon helfen und die Zahlen durchaddieren, sogleich hier bei irgendeiner Gelegenheit oder hinter der Bühne im Opernhaus, ja, da sei die Gelegenheit, Harrys müsse den Kleinen beaufsichtigen, und in dieser Zeit werde Ribizzo, der gute brave Ribizzo, ihm die Bilanzen aufrechnen. Befriedigt lächelt Paganini. Doch sogleich eilen, hetzen seine Gedanken zu seiner Nachbarin, der Sängerin. Oder, wie wäre es, denkt Paganini rasch, wenn er die Schröder-Devrient bitten würde, ihn nach Weimar und Leipzig zu begleiten, eine Sensation würde das werden, Preise könne er erzielen wie noch nie, und er könne mit dieser Frau eine Zeit zusammen sein. Doch, dann fällt ihm die Sopranistin Bianchi ein, Achilles Mutter, er erinnert sich der üblen Szenen, die sie ihm gemacht hat, wie sie mit einer Vase auf ihn losgegangen sei in Wien, wie sie geschrien und sich gebärdet habe. Diese Schröder-Devrient sei ebenfalls eine Sopranistin. Von Sopranistinnen hat er die Nase voll. Und er hat sich geschworen – nie wieder eine Sopranistin. Obwohl, sie gefällt ihm, sie gefällt ihm sehr, diese Deutsche. Wir werden sehen, denkt er schließlich unentschlossen und blickt, nachdem er die Sängerin mit einem Seitenblick gemustert hat, nach vorn zum Ludwig Tieck.

Dem Hausherrn nähert sich von hinten ein Bediensteter mit einer Meldung. Aufschauend verkündet Tieck: Liebe Freunde, man bittet uns zu einem kleinen Abendessen, beginnend mit einer Suppe, folgenden Speisen und einem Dessert!

Schwerfällig schreitet der Gastgeber auf die Sängerin zu, nimmt sie in einer etwas altmodischen Art, wie man sie von Menuett- oder den Contretänzen kennt, bei den Händen und geleitet sie in das nebenan gelegene Esszimmer. Die kleine Gesellschaft, angeführt von den Herren Rehberg und von Bülow, folgt ihnen, geht an dem flankierenden Bediensteten, der vorauseilend und die Tür offen haltend stehen geblieben ist, vorbei, tritt, einer nach dem anderen, an die geschmückte, nicht sehr große Tafel. Während die Hereinkommenden sich umschauen, unauffällig, nicht etwa vorgereckten Halses, sondern so als kennten sie dies alles schon, und hinter den offenen Türen des Esszimmers weitere Räumlichkeiten wahrnehmen, darunter zur linken eine reich bestückte Bibliothek mit Regalen vom Boden bis zur Decke, weist Tieck freundlich lächelnd einem jeden seinen Platz zu.

Die Tafel, vor der sie nun stehen, zögernd, höflich abwartend, bis sich der Gastgeber an die Stirnseite verfügt und dort schwerfällig Platz genommen hat, diese doch eher als ein langer großer Tisch zu bezeichnende Tafel, ist geschmückt, indes nicht so prunkvoll, wie es Paganini bei ehrenden Empfängen, zum Beispiel in Prag oder in Wien, beim Fürsten Esterhazy, oder bei anderer Gelegenheit gesehen hat. Freilich, die Tischdecke ist von feinstem Damast, darauf angeordnet silberne Leuchter, zierlich bemaltes Meißner Porzellan, allerlei kristallene Gläser, dazwischen gestreute Trockenblumen (an frische Blumen, es war mitten im Februar, ist jetzt natürlich nicht zu denken), silbernes Besteck und kleine bronzene Figuren, die in des Tisches Mitte lustig aufragen. Das Ganze kündet von der Haushaltung eines wohlhabenden, begüterten bürgerlichen Mannes, scheint einem gerade ernannten königlichen Hofrat angemessen. Zur Seite, vor verglasten

Schränken mit verschiedenem Zierrat, stehen in Erwartung ihrer Dienste ein den Gästen bereits bekannter Bediensteter und eine ältliche Dame in einem dunklen Atlaskleid mit hochgestecktem grauen Haar und munteren, flinken Augen, die Tieck als seine liebe Cousine Friederike vorstellt. Sie gehe ihm bei der Bewirtung seiner Gäste zur Hand, sagt er mit einem Nicken. Die alte Dame lächelt, neigt den Kopf, wobei ihr eine hell silberne Kette mit leisem Klingeln nach vorn rutscht, dann versucht sie einen kleinen Knicks, der ihr aber, wer sollte daran Anstoß nehmen, offenbar wegen des Alters nur halb gelingt und recht zittrig wirkt.

Jetzt fordert der Hausherr mit ausholender Geste die erwartungsvoll Stehenden zum Sitzen auf, und sofort werden die Stühle mit ihren hohen Lehnen, den gedrechselten Holzarmen, den ledergepolsterten und mit bronzenen Ziernägeln beschlagenen Sitzflächen gerückt, sie schnarren in kurzen trockenen Lauten über den Parkettboden, einen Moment klingt es, als stampfe eine kleine unsichtbare Truppe auf Holzbeinen heran.

Alle Köpfe wenden sich in eine Richtung, der Tischseite zu, an welcher der Gastgeber würdig und erhaben in schwarzem Samtrock (im Hereingehen hat er unter Hilfe eines Bedienten seinen Empfangsrock mit dem silbernen Stern gegen diesen schwarzen schmucklosen vertauscht) thront. Einzig Paganini macht eine Ausnahme. Er kommt seinem Reisesekretär, der plötzlich aufgesprungen ist, zuvor, und bringt den Stuhl für die Hofopernsängerin, die zu seiner Rechten sitzt, in die richtige Position, darauf achtend, dass ihr üppig sich bauschendes Seidenkleid nicht unter einem der Stuhlbeine eingeklemmt wird. Dabei treffen sich ihre Blicke, die sich sofort wieder ineinander, umeinander flechten, winden, verhaken. Nach dem Konzert, heute, bitte, sagen diese Blicke, komm und liebe mich.

So sitzen sie, die Gäste, und warten auf ein Zeichen des Hausherrn, dass das Essen beginne. Rehberg, der Ludwig Tieck den

Vorschlag machte wegen der Sitzordnung, hat, da nur eine einzelne Dame anwesend ist, diese neben den anderen Ehrengast, Paganini, platziert, neben diesen beiden, die Reihe fortsetzend, sitzen nun nach links die Herren Förster und von Bülow, während ihnen gegenüber Rehberg selbst und Georg Harrys neben Ribizzo, dem Vetter Paganinis, Platz genommen haben.
Eine ungleiche Aufteilung gewiss, zu wenig Prominenz, wenn man von der Schröder-Devrient absehe, auch an Damen fehle es, hat Rehberg zu Tieck vor dem kleinen Empfang gesagt, aber er, Tieck, solle bedenken, dass man das Ganze als einen improvisierten Auftritt sehen solle, auch drüben im Schloss und in der Staatsregierung solle dies so gesehen werden, und diese Improvisation, dieses Provisorische sozusagen, solle sich auch in dieser Weise in der Stadt herumsprechen, denn er wisse aus zuverlässiger Quelle, dass man dem König selbst geraten habe, wegen dieses Paganini nicht solches Aufsehen zu machen, dass man ihm von einem Staatsempfang abgeraten habe, vor allem wegen der augenblicklichen Stimmung in der Stadt und im Königreich und der politischen Lage, so dass der König dem Künstler nur ein symbolisches Geschenk widmen solle und eben keinen königlichen Staatsakt; also könnten wir, hat Rehberg gesagt, das Haus des großen Dichters und Lehrers Tieck, nicht an dieser allgemeinen Lage vorbei, vorprellend, durch Anmaßung und allzu großen Pomp ein politisches Ärgernis hervorrufen, sondern wir sollten uns durch Bescheidenheit und Improvisation der königlichen, der staatlichen Linie anpassen.
Dieser kleine Empfang sei deshalb genau das Richtige, man könne keinen Fehler machen. Schließlich sei man dadurch, dass die Hofopernsängerin Schröder-Devrient tatsächlich erschienen sei, schon ausreichend in aller Munde, es ginge um die Kunst, die Musik, diese Botschaft solle Bestand haben, glauben Sie mir, verehrter Tieck, sagte Rehberg, und weiter solle man sich nicht öffentlich ins Licht setzen.

Still, mit merkwürdig ernsten Gesichtern sind zwei Bediente umhergegangen, haben die Gläser der Gäste aus dunklen Flaschen mit hellem, schimmernden Wein gefüllt. Aufmerksam, von ihren flinken Augen überwacht, kontrolliert die ältliche Dame, die Cousine Friederike, den Vorgang, schließlich nickt sie Tieck zu, die Bedienten treten zurück und der Hausherr erhebt sich. Sich vorbeugend ergreift er sein Glas, sagt:
Verehrte, liebe Frau Hofopernsängerin, lieber Herr Ritter Paganini, liebe Freunde, wir wollen das Glas erheben auf unsere lieben Gäste, auf diesen Abend.
Es sei ihm gestattet, sagt er weiter, mit einem sächsischen Wein anzustoßen, auch, wenn ein Italiener hier unter uns weile, mit einem kräftig würzigen sächsischen Traminer, den er selbst auf seinem Weinberg hier in Elbnähe habe anbauen lassen.
Prosit, ruft Tieck.
Prosit! hallt es vielstimmig, wie ein mehrfach zurückgeworfenes, leiseres Echo zurück. Man trinkt. Paganini nippt ein wenig an seinem Glas und setzt es dann sogleich wieder ab. Gemurmel, Erstaunen in der Runde. Er müsse sich leider des Weines enthalten, sagt er, und Ribizzo übersetzt. Wenn er einen Auftritt habe, trinke er niemals irgendeinen Wein oder andere Alkoholika, ja er trinke dann meist nur einen Kamillentee.
Einen Kamillentee? echot die Runde. Ja, ein, zwei Tassen Kamillentee. Er bitte um Verständnis. Die Runde lacht und Harrys sagt laut, ja, meine Dame, Herrschaften, so ist es. Der Meister trinkt vor dem Auftritt immer nur Kamillentee, ha, ha. Diese unscheinbare Pflanze zeitige ungeheure künstlerische Wirkungen.
Pause. Gemurmel. Man hat wieder Platz genommen.
Dann die Vorsuppe. Ein kräftiges sächsisches Gericht, aus gestampften, zu Brei verrührten Kartoffeln, mit Sahne und allerlei Kräutern verfeinert, dazu kleine gedämpfte Schweinswürstchen und Brot, wird nun aufgetragen, und Tieck, der seinen Teller als Letzter erhält, worauf er bestanden, um höflich, zuvorkommend

als Gastgeber zu erscheinen, langt nach einem Teller mit frischem Weizenbrot, bricht ein Stück vor seiner breiten Brust entzwei, sagt feierlich und laut, er wünsche allen seinen Gästen eine gesegnete Mahlzeit.
Man beginnt zu essen. Köpfe beugen sich, Löffel fahren suppenbeladen zu den Mündern auf, Brot wird gebrochen, die kleinen Würste verschwinden Biss für Biss hinter den Zähnen, ein Schweigen, nur von den Geräuschen der Mahlzeit begleitet, hat sich breit gemacht.
Da fährt Paganini plötzlich auf. *Figlio mio!* ruft er aus, wendet sich über den Tisch hinweg an seinen Vetter, sag ihnen, erregt sich Paganini, dass auch das Kind etwas zu essen bekommen muss. Ich will ihn hierher haben! Ribizzo übersetzt. Tieck unterbricht sein Löffeln, sagt begütigend väterlich, man hat an ihn gedacht, Herr Paganini. Er bekommt gerade von unserer Ursula eine Kinderportion. Nein, sagt Paganini, man solle ihn hierherein holen, er wolle ihn in seiner Nähe jetzt. Harrys erbietet sich, die Situation zu retten. Es sei vielleicht unpassend, ein Kind in solcher Runde, er wolle sogleich gehen, sich des Achille anzunehmen, bitte, Meister, sagte er, so sei es besser. Die Sängerin blickt Paganini von der Seite an, man sieht ihr an, wie sehr sie seine väterliche Leidenschaft versteht, aber auch sie sagt leise zu Paganini auf Französisch, hoffend, er verstehe sie, lassen Sie den Harrys zu Ihrem Kleinen, vielleicht sei es tatsächlich besser so. Paganini, der sich in seiner Erregung die Serviette von der Brust gerissen, hat sich wieder niedergesetzt, aber er macht noch immer wütende Augen, brummt auf Italienisch:
Eine Sopranistin! Wie die Bianchi!
Gott sei Dank hat es keiner verstanden, denkt Ribizzo und verzieht sein Gesicht, schweigt aber. Gut, sagt Paganini schließlich nach einer Pause, in der es ganz still im Tieck'schen Esszimmer geworden ist, machen wir es so, und er gibt Harrys einen Wink, sich zu entfernen, dann wirft er einen schnellen Blick zur Sänge-

rin, sagt, er könne sowieso nicht mehr lange bleiben, er wolle nicht unhöflich sein, aber sein Konzert beginne in einer knappen Stunde. Und ob sie ihn immer noch begleiten und mit ihm auftreten wolle. Die Schröder-Devrient wartet, bis ihr die Rede Paganinis übersetzt wird, nickt dann, bricht ein Stück Brot und senkt ihren Löffel wieder in ihren Suppenteller.
Schweigen in der Tischrunde. Schweigen, höfliches Schweigen, abwartend, verstohlene Blicke zum Gastgeber und nur die Geräusche der Mahlzeit, das leise Klappern der Löffel, das vorsichtige Einschlürfen der Reste der Suppe, das Brechen des Brotes, das einsame Knarren eines Stuhles, ein Hüsteln, ein unterdrücktes Niesen sogar, das helle Klirren des Porzellans, wenn die Teller im Wegschieben aneinander stoßen, und das metallische der abgelegten Löffel, das Knistern der Servietten, ein einzelnes unterdrücktes, aber doch vernehmbares Aufstoßen, nur diese Geräusche sind zu hören, weiter nichts. Kein gesprochenes Wort.
Der ehemalige Staatsminister Rehberg, gallig finster vor sich hin starrend, ist verärgert, immer wieder störe dieser Italiener den Fortgang des von ihm konzipierten Empfanges, denkt er, immer wieder komme es durch sein ungezügeltes Temperament, seine südländische Aufgeregtheit zu solchen Szenen, wie der eben erlebten. Und mit der Sängerin habe man auch keine glückliche Wahl getroffen. Eine Berühmtheit an der Oper, gewiss, aber hier unter ihnen gefährde sie, wie dieser Paganini, den ungestörten Fortgang. Diese Künstler! Man müsse wieder Ruhe in die kleine Runde bringen, angenehme Schwingungen erzeugen, Tieck solle etwas vorlesen, ja, dies sei wohl jetzt das Beste, Tieck, der große Vorleser, solle seine Kunst über die erregten Häupter breiten. Lesen soll er. Ja, lesen! Und er macht dem Hausherrn ein unauffälliges Zeichen, deutet an, was er gerade bedacht und was sie ohnehin schon vorbesprochen haben. Ludwig Tieck sollte jetzt lesen.
Eine kleine Zeit vergeht, es wird das Hauptgericht aufgetragen. Die Pause, die dabei entsteht, nutzt der Hausherr, der den Wink

seines »Hofmarschalls«, wie er ihn gerne nennt, seines Freundes Rehberg, verstanden hat, indem er ein kleines Büchlein ergreift, das hinter ihm bereit gelegen hat. Er wolle die Gelegenheit, die sich ihm jetzt biete, mit einer kleinen, erbaulichen Vorlesung ausfüllen, sagt er laut und vernehmlich. Dies sei eine seiner Gewohnheiten und alle seine Gäste hätten bisher immer solches als Bereicherung und sehr angenehm empfunden. Fast sei, so fügt er an, sein Lesen zu einer Tradition, zu einer Institution geworden. Und man dürfe nicht vergessen, man sei im Hause eines Dichters. Ohne eine Antwort, einen Einwand oder Zustimmung abzuwarten, beginnt Tieck mit einführenden Worten zu seinen Absichten und literarischen Zielen. Aus den Verhältnissen, sagt er pathetisch, seien ihm immer die ergiebigsten literarischen Stoffe, namentlich die Novellen, erwachsen. Stoffe, welche die Ironie, die er so überaus liebe, wie von selbst in sich trügen: Ein Gemäldesammler, der stolz auf seine Kennerschaft, ließe sich durch groben Betrug täuschen, in einer musikalischen Zeit (er neigt den Kopf zu Paganini und der Sängerin hin), wo alles nur so singt und musiziert, seien die Unmusikalischen die Lautesten, die selbstgerechten Frommen erschienen als unfromm, der Hüter der Narren werde selbst zum Narren. So habe er, sagt er feierlich, eine Reihe von Zeitbildern entworfen, die man ironisch oder dialektisch oder auch sozial nennen könne, denn alle enthielten diese Bestandteile.
Und da wir heute unter uns so hervorragende und herausragende musikalische Künstler haben, sagt Tieck (wieder neigt er sich nach links, wo Paganini und die Sängerin sitzen), wolle er also jetzt aus seiner Novelle »Musikalische Freuden und Leiden« etwas lesen, denn er habe damit den jetzt auslaufenden zwanziger Jahren mit ihrer musikalischen Überschwänglichkeit ein literarisches Denkmal gesetzt.
Tieck setzt sich in Positur, hebt das Büchlein vor seine Augen, die er in flinker Bewegung mit einer Brille versieht und die nun auf

einmal hinter den Gläsern riesengroß und Furcht einflößend erscheinen, er rutscht auf seinem Stuhl bequemeren Halt suchend hin und her und beginnt dann mit seiner schön schwingenden Stimme zu lesen …

Andächtig, still, einem Schülerseminar vergleichbar, hört die Tischrunde dem angenehm fließenden Text des großen Dichters zu. Mit übereinander geschlagenen Beinen, die Ellenbogen auf den Knien und die Köpfe auf die ausgestreckten Fingerspitzen gestützt, lauschen die Herren Förster und von Bülow. Die weißen, schöngeformten Hände in dem Schoß um ein Spitzentüchlein geschlossen, ihren Kopf mit der prachtvollen Lockenfrisur etwas schräg haltend, lauscht die Sängerin. Ehrfurchtsvoll sitzt der Dichterfreund Rehberg, seine Stirnfalten haben sich geglättet, die Gesichtsfarbe weniger gelb, alles läuft wieder in wohl geordneten Bahnen. Er freut sich seines leitenden, organisierenden Talents. Der Dichter Ribizzo ist um den Tisch gegangen, hat sich einen Stuhl herangezogen, sitzt jetzt hinter seinem Vetter Paganini und übersetzt, ihm leise ins Ohr flüsternd, die Tieck'schen Worte.

Paganini, kerzengerade, unbeweglich, die Brust vorgereckt, hört konzentriert zu. Mit einigem Staunen zuerst, dann voll musikalisch rhythmischen Interesses lauscht er der hackend hämmernden, scharf ausgesprochenen deutschen Sprache, die so militärisch klingt, mit ihren metallisch schleifenden »S« und »Z«, ihren die Wortmelodie brechenden »K« und »T«, dieser Sprache, die er nicht beherrscht und die ihn, allein schon aus Gründen, die in seiner Musikalität liegen, abstößt, die er verabscheut und niemals lernen wird. Er lauscht und vergleicht mit den von Ribizzo zugeflüsterten italienischen Worten, die biegsam und melodisch in sein Ohr dringen, die in sein Inneres schlüpfen und sofort Freude und Wohlbehagen auslösen. Indes das Sitzen macht ihm Mühe, er spürt, wie er nicht mehr lange in dieser Körperhaltung verharren kann. Der Unterleib schmerzt ihm, wenn er längere Zeit so gekrümmt, die Beine im Sitzen angewinkelt, ausharren muss. Und ihm kommen, während er die gesprochenen Worte, flüchtigen Bildern gleich, in sich aufnimmt, wie gaukelnde, verschwommene Gestalten, Erinnerungen an Vergangenes, als er wie hier in steifen Konventionen und Zeremonien zu leben gezwungen war, Bilder aus seiner Zeit in Lucca: Er sieht sich wieder in der tressenbehangenen Uniform eines Hauptmannes der Leibgarde, zu dem er als Kammervirtuose (diesen Titel hatte er nur vierzehn Tage vorher bekommen!) ernannt worden war, sieht wie er sich vor diesen Brillanten und Pomp liebenden Hofschranzen, die vorher miese kleine bürgerliche Figuren gewesen waren, andauernd verneigt, denkt, wie das Bücken und Dienern für ein lächerlich kleines Salär damals seine Hauptbeschäftigung war. Mit einer Ohnmacht Ihrer kaiserlichen Hoheit, der Fürstin Elisa von Piombino und Lucca, der Schwester Napoleons, hat es angefangen, einer Ohnmacht, als er eine seiner Capricen gespielt hat, heute weiß er nicht einmal mehr, welche der 24 Capricen es gewesen sein könnte, und sooft er drüber nachgedacht hat, es ist ihm nicht eingefallen, er weiß nur, es war ein Auftritt in Lucca, wohin er auf seinen ersten Konzertreisen ohne den Vater gekommen war, und er weiß, wie er nach diesem Konzert zur Fürstin bestellt wurde und sie ihm sagte, sie hätte beide Orchester, die es in Lucca gäbe, aufgelöst und sie beauftrage ihn mit der Zusammenstellung eines neuen Orchesters und für den Anfang mit wöchentlich zwei musikalischen Soireen an ihrem Hofe. Oh, wie er diesen Hofbetrieb, diese gekünstelten Manieren, diesen goldstrotzenden Protz gehasst hat, hinter dem sich primitivste Bürgerlichkeit verbarg, wie er sich hat überwinden müssen, immer wieder mit neuen Kunststückchen aufzutreten, wie er von der Fürstin und den anderen Damen vorgeführt wurde, wie sie sich mit ihm geschmückt, ihn aber immer wie einen Lakaien behandelt haben, nicht wie einen Künstler, der er damals schon gewesen ist mit seinen knapp zwanzig Jahren. Ja, immer nur wie einen Lakaien behandelten sie ihn, reichten ihn umher, einem seltenen Rassehund vergleichbar, und wie er dem Fürstingemahl, diesem unbegabten, dümmlichen, aber immerhin anständigen Menschen Geigenunterricht hat erteilen müssen – all das sieht er jetzt, während Tieck aus seiner Novelle liest. Die Sängerin sitzt neben ihm, und er spürt, wie sie unruhig wird. Sie hört ebenso wie er nicht mehr die einzelnen Worte des Vorgelesenen, nur den Rhythmus, das Fließende der Sprache, sie denkt sich, das fühlt Paganini ganz deutlich, in ihren kommenden Auftritt, den sie mit ihm am heutigen Abend haben wird, sie singt in ihrem Innern schon die Fidelio-Arie, sieht sich vor dem Publikum der Hofoper, und auch ihn, je mehr die Erinnerungen an Vergangenes wieder verblassen, zieht es hinüber in die nur wenige Kutschminuten entfernte Auftrittsstätte, er will sein zweites, das mit dem berühmten »Glöckchen«-Motiv, der »La Campanella« im letzten Satz, das in Wien solches Furore gemacht hat, und das dritte Violinkonzert spielen, das E-Dur-Quartett aufführen, dazwischen werde der Auftritt der Schröder-Devrient liegen, und dann, wenn das Publikum rasend geworden sei, werde er noch ein oder zwei Capricen spielen, vielleicht auch, denkt er sich, einen kleinen musikalischen Scherz, wie damals in Lucca, als er für die Madame Frassinet, die Hofdame der Fürstin, eine musikalische Liebesszene aufführte, diesen Spaß auf der e- und der g-Saite, wo die erste Saite ein Mädchen verkörpert, die zweite den Mann, und eine Liebelei mit Streit und Aussöhnung, mit Vereinigung und Trennung daraus wurde, wo er auf der Violine zwischen den beiden Saiten, wie bei den beiden menschlichen Seiten der Liebe, Mann und Frau, alles in Musik ausgedrückt habe: Grollen, Seufzen, Lispeln und Stöhnen, Scherzen, sich Freuen, und schließlich Jubel und schmelzendes Dahinsinken. Vielleicht würde die deutsche Sängerin, wie damals die Hofdame, diese Liebesszenen auf sich und ihn beziehen, würde als musische Natur daraus eine innige Vorfreude auf die Liebe zu ihm empfinden, und er habe dann auf diese Weise die Dame mit

der Geige schon halb erobert, was er in Worten oder den Tändeleien, wie sie üblich sind und erwartet werden, niemals erreichen könne. Je länger er diesen Gedanken denkt, den ihm sein Jugendabenteuer mit der Frassinet aus der Erinnerung in sein Denken, in diese Bürgerlichkeit des Tieck'schen Hauses, geholt hat, desto freudiger glaubt er daran, es auch diesmal so bewerkstelligen zu können. Und er vergisst seine schwach gewordenen Augen, die Zahnlosigkeit seines Unterkiefers, seinen andauernden Husten, den ewig schmerzenden Unterleib, all diese Beschwerlichkeiten, die ihn auf seinen Reisen, seit er über die Alpen in den kalten, krank machenden Norden gekommen ist, begleiten, hat sie vollkommen vergessen in diesem Moment, glaubt seinem Herzen und dem romantischen Kopf, die beide ohne Alter scheinen, fühlt dieses Herz klopfen und ein Prickeln hinter der Stirn.
Und Paganini sitzt, eingehüllt in den Eau-de-Cologne-Duft der schönen Frau neben ihm, nur manchmal dringt der Atem seines Vetters unangenehm ein, stoßweise, wie kleine Wölkchen der Hölle in das Duftreich des Paradieses, wenn Ribizzo die Tieck'schen Sätze auf Italienisch in das Ohr seines Vetters flüstert. In diesen Momenten fühlt Paganini wieder das Unangenehme des Sitzens, fühlt das Irdische, das Erdschwere in sich, glaubt, dass das sächsische Gericht, das er gegessen hat, seine Sitzbeschwerden, die aus dem Bauch kommen, verstärke, weshalb er sonst vor seinen Konzerten immer nur ganz leichte Kost zu sich genommen hat.
Plötzlich wird er durch Beifallsgelächter der Herren Förster und von Bülow aus seinen Gedanken gerissen, es verrät ihm, dass er der Vorlesung schon einige Zeit nicht mehr gefolgt ist. Die Zeit, denkt er nervös, es ist so viel Zeit vergangen. Paganinis Unruhe verstärkt sich, er hebt den Kopf und blickt blinzelnd, seine Augen zusammenkneifend, zur großen Wanduhr hin: nur noch eine Dreiviertelstunde verbleibt ihm bis zum Konzertbeginn. Er hätte diese Einladung nicht annehmen sollen, sie bringt die Prozedur

seiner Vorbereitung für das Konzert durcheinander. Er muss jetzt gleich aufstehen. Er spürt, wie eine innere Kraft ihn unweigerlich aufstehen lassen wird, wie es ihn drängt. Er muss gehen. Vorlesung, Hauptgericht, Empfang hin oder her, er muss hinüber in die Hofoper. Es ist seine Pflicht. Was kümmert ihn dieser Tieck, diese Vorlesung, diese ganze langweilige deutsche Literatur, die ohne ihn auskommt und die auch er kaum je wird brauchen können, denkt er, ein ehrenwerter, hochgeachteter Mann, dieser Hofrat Tieck, vielleicht sogar ein wichtiger Mann, gewiss, aber was kümmert ihn diese ganze Gesellschaft, diese Herren, die ihn nicht kennen, von denen er nie etwas gehört hat, sicher kaum wieder je etwas hören wird. Gleich wird er, Paganini, aufspringen, um Vergebung bitten und davoneilen. Er muss! Seine Musik ruft ihn, ruft ihn mit aller Macht.

In diesem Moment wird die Tür zum Empfangsraum aufgerissen. Die Gesellschaft hört, Paganini hört eine Stimme, er weiß sofort, es ist Achille, der da ruft. Achille! Sein kleiner Achille! Tieck unterbricht sein Lesen, lässt das Buch sinken, nimmt die Brille ab. Alle Köpfe wenden sich der geöffneten Tür zu. Noch ist nichts zu sehen, außer der offenen Tür, die wie von Geisterhand plötzlich den Blick in den Empfangsraum freigibt. Und man hört das näher kommende Geschrei eines Kindes, ein Kreischen und Weinen, und die Worte *babbo mio*! Endlich erscheint der Urheber dieser Störung, Paganinis kleiner Sohn Achille, in der Tür, und gleich hinter ihm sieht man den hilflosen verzweifelten Harrys, den ewig aktiven Reisesekretär, der überfordert scheint und ein erbarmungswürdiges Gesicht macht, die Hände ringt, sie dann wieder nach dem Kind ausstreckt, sie sinken lässt, den Tränen nahe.

Achille bleibt, als er die erschrockene, erstarrte Abendgesellschaft sieht, wie angewurzelt stehen, er sucht mit den Augen seinen Vater, und sein Gekreisch erstirbt für den Moment. Dann erblickt er ihn. Mit einem Quieken, einem kindlichen Jauchzer stürzt er auf Paganini los. Der ist aufgesprungen und geht seinerseits seinem Sohn einen Schritt entgegen. Er fängt den Kleinen mit den Händen auf, reißt ihn hoch, wirbelt im Kreis herum, dass die Beinchen des Kleinen eine Waagerechte zum blank polierten Parkett des Esszimmers bilden, er dreht sich mit seinem Sohn in wilder Freude, ruft immer wieder *tesoro mio, Achille*! und übersieht die im gleichen Moment durch eine andere Tür mit den Schüsseln und Pfannen des Hauptgerichtes hereingekommenen Bedienten, rennt sie, den Kleinen im Arm, fast um und versetzt mit einem taumelnden Schritt tatsächlich, natürlich ohne Absicht, der beiseite stehenden Cousine Friederike einen Schubs, so dass sie, die ehrwürdige Dame, strauchelt und gerade noch im letzten Moment vom aufspringenden Ribizzo aufgefangen werden kann.

Mi scusi, mi scusi, Signora! ruft Paganini, übergibt den kleinen, zappelnden Achille seinem Vetter, verneigt sich vor der alten Dame, die ihn mit einem entsetzlich verachtenden Blick straft, mit der einen Hand ihr graues Haar und das schwarze Spitzenhäubchen in Ordnung bringt, mit der anderen sich über die weiße Schürze streicht, die sie sich wegen der Küchenarbeit über ihr schwarzes Atlaskleid gebunden, und dann ohne ein Wort, den alten, würdigen Kopf in den Nacken werfend, hastig, hart auftretend den Raum verlässt. Ein trockener, dumpfer Laut ist zu hören, als sie die Tür schließt, dann, in die plötzliche Stille hinein, die sich entfernenden Schritte.

Im Esszimmer ist Stille. Die Stille angehaltenen Atems.

Tieck und die beiden Herren Förster und von Bülow sind aufgesprungen, sie stehen stumm, ungläubig, überrascht, während Rehberg sich das Gesicht mit der Hand bedeckt und zu schluchzen scheint. Sein Kopf zittert, als werde er von einem Krampf geschüttelt. Und nur die Dame Schröder-Devrient hat ihr heiteres Gesicht behalten, im Gegenteil, es scheint, als amüsiere sie sich nicht wenig, sie hüstelt in ihr Spitzentüchlein, und dieses Hüsteln, einem unterdrückten Niesen vergleichbar, ist das einzi-

ge Geräusch, was man hören kann. Paganini steht etwas unbeholfen, mit hochgezogenen Schultern, die Handflächen nach außen gekehrt. Er schaut mit hilflosem Blick um sich. Man sieht, es ist ihm peinlich, was er in diesem Freudentaumel, der ihn ergriffen, angerichtet hat, und auch der kleine Achille lässt keinen Laut hören, hält sich an seinem Vater fest und hat sein Gesicht in einer Hosenfalte vergraben. Paganini neigt sich jetzt zu seinem Vetter, flüstert etwas auf Italienisch. Ribizzo hebt den Kopf, atmet tief, verneigt sich dann vor dem Hausherrn und beginnt im Namen seines Verwandten Paganini eine erklärende Rede. Ludwig Tieck hört ihn schweigend und immer noch stehend an. Auf seinem Gesicht zeigen sich Enttäuschung, Trauer und Hilflosigkeit.
Misslungen, denkt er, einfach misslungen, die ganze edle Absicht zerbrochen …

4. KAPITEL

Nach dem siebten Glockenschlag von der nahen Hofkirche ist eine weitere Viertelstunde vergangen, das kleine Geläut hat einmal geschlagen, ohne dass die immer noch auf dem Schlossplatz versammelte, wartende Menge den Geigenvirtuosen zu Gesicht bekommen hat. Zweimal schon ist der Direktor der Hofoper, der geheime Hofrat Graf Vitzthum, vor die große eichene Flügeltür getreten, hat sich durch die dort heftig redenden und umherstehenden Personengruppen gezwängt, ist mit auf dem Rücken verschränkten Händen zum hinteren Personal- und Wirtschaftseingang gelaufen, hat dann das ganze Gebäude umrundet, mit sorgenvoller Miene, die dichten Brauen eng zusammengezogen, ist wieder hinter die Bühne zum wartenden Orchester gegangen, hat beruhigende Worte gesprochen. Er werde schon kommen, der Herr Paganini, ihre Sorgen seien unbegründet, nein, er habe nicht abgesagt, er sei zu einem Empfang beim Hofrat Tieck geladen, das sei bekannt, man solle sich gedulden. Seine Majestät, der König, und der halbe Ministerrat warte auch, drüben im Schloss, stehe fertig angezogen, sozusagen zum Konzert ordengeschmückt bereit, ein Kammerherr haste laufend hinüber und herüber, um dem gnädigen Herrn die Ankunft des Künstlers pünktlich zu melden. Damit Seine Majestät auf die Minute zum Konzert erscheinen könne. Im Saal wachse die Unruhe wie in einem Bienenkorb, indes, es sei ja noch mehr als dreißig Minuten bis zum Konzertbeginn. Sie sollten Ruhe bewahren, Contenance! Meine Herren! Contenance!

Draußen auf dem Schlossplatz munkelt man, Paganini sei im Schutz der Dunkelheit aus der Residenzstadt geflohen, einige wollen eine Kutsche mit verhangenen Fenstern gesehen haben, die in hohem Tempo in Richtung Meißen davongejagt sei. Dort sei der Teufelsgeiger drin gesessen, sagt ein dicker Weinhändler im Pelzmantel, der zu einer Gruppe erregt Diskutierender hinzugetreten ist, er habe, als die Fensterläden sich für einen Moment öffneten, das bleiche Antlitz des Italieners deutlich gesehen, und auf dem Nebensitz habe er eine blonde, allerschönste Dame erkannt, eine Dame der höchsten Dresdner Künstlerschaft, eine bekannte Dame, deren Name er nicht nennen möchte.

Das könne ja nur die Schröder-Devrient sein, mutmaßt ein kleiner Apotheker mit Brille, sie sei heute schon allein und zu Fuß in der Friedrichstadt gesehen worden, sein Lehrjunge habe die Sängerin gesehen und es ihm sogleich gemeldet. Bestimmt, so werde es sein, sie sei zu einem Treffen mit diesem italienischen Teufel gegangen, erregt sich eine beleibte Dame, der ziehe die höchsten Damen der Gesellschaft und der Künstlerwelt an wie der Zucker die Wespen im Herbst. Vielleicht sei er mit der Dresdner Primadonna auf und davon, ruft ein älterer Herr mit Kneifer in die Runde, in Italien soll er ja schon einige Damen entführt haben und sei dann monatelang nicht mehr gesehen worden. Man schüttelt die Köpfe, nein, nein, die Schröder-Devrient sei keine Frau, die sich einfach so entführen lasse, eine Mutter von vier Kindern, eine geschiedene zwar, aber eine energische Dame, die genau wisse, was sie wolle. Sehr richtig, und mit diesem Italiener werde sie sich wohl kaum gemein machen, sagt ein Herr in einer Hauptmannsuniform, eine deutsche Sängerin, befreundet mit dem verstorbenen Weber, bekannt mit Beethoven und anderen deutschen Künstlern, mit so einem Italiener von zweifelhafter Herkunft, wo hätte es so was schon gegeben. Plötzlich fängt ein junger, langer Mensch im Studentenhabit von der Sache mit dem Marcolini-Palais zu sprechen an, wie er gehört habe, sagt er leise

und mit ernster Miene, sei dieser Paganini ein Sendbote der Jesuiten, die Krone selber habe ihn eingeladen, man müsse das Schlimmste befürchten. Reden Sie doch keinen Unsinn, widerspricht der Hauptmann, Paganini und ein Jesuit! Der habe in Wahrheit doch mit der heiligen Kirche und den Jüngern Jesu nicht das Geringste gemein, ein Gottloser, der er sei, vielmehr sprächen alle Anzeichen dafür, dass man es bei diesem Italiener mit einem Freidenker, einem Kabbalisten oder einem Teufelsanbeter zu tun habe, denn trotz allem Aberglauben und dieser furchtbaren Gerüchte, die es um ihn gäbe, irgendein wahrer Kern stecke dahinter; es sei nicht alles Spuk, was in euer Tochter Kammer geht, hieße es im Volksmund, so auch hier: Ein grausames Geheimnis verberge sich hinter dem unglaublichen Geigenspiel und dem Lebenswandel dieses Mannes, dies soll man nur glauben …
Und so reden sie noch eine Weile, erregen und streiten sich, es wird weiter erzählt, was der eine gehört oder man von wieder anderen erfahren hat, dieses ganze Gespinst aus Gerüchten, Zusammengereimtem, Märchen und Lügen um den italienischen Zaubergeiger, diesem Besessenen, diesem Teufel, wie er von vielen genannt wird, der nun in der Residenz- und Kunststadt an der Elbe seinen vorläufig einzigen Auftritt haben wird …
Ein weiteres Mal, mit zwei dünnen, hellen Schlägen, verkünden die Glocken von der Hofkirche herab die fortschreitende Zeit, die Sophienkirche, die Annenkirche stimmen ein, während man den Viertelstundenschlag vom aufragenden Turm der Frauenkirche aus der Stadtmitte drängend, bedeutend, so als schwebe er über all diesen metallgegossenen Tönen, singen hört. Bald verklingt auch der letzte Ton. Er webt noch, hält sich einen Augenblick, immer schwächer werdend wie eine tönende Haube, fliegt dann, kaum vernehmbar, in schwingendem Summen über die abendliche Stadt davon, als in diese Stille hinein eine gewöhnliche städtische Droschke in hohem Tempo, mit krächzenden, pol-

ternden, wirbelnden Rädern, begleitet vom angestrengt dampfschnaubenden Keuchen der gehetzten Pferde über den Schlossplatz fährt und dann vor der hinteren Front der Hofoper zum Stehen kommt.

Er ist es! Endlich ist er da! ruft es aus der Menge, dieser Menschenansammlung von ein paar Hundert Neugierigen, welche die ganze Zeit ausgeharrt haben, um eben diese Ankunft zu sehen. Die Ankunft des Unheimlichen, des Bestaunten, des Teufelsgeigers aus Italien. Jetzt nun, da er urplötzlich wie herbeigezaubert erschienen ist, im Galopp der Kutschpferde durch die gaffende Menge hindurchgerast ist, stehen sie wie gelähmt, starren, glotzen mit großen ungläubigen Augen gebannt zu dem Gefährt, das nur ein paar Meter weiter angehalten hat. Im Schatten des alten Opernbaues, nur spärlich vom gelben Licht der Laternen beleuchtet, sehen die Wartenden einen langen dürren Menschen mit hohem Zylinder und aufgeschlagenem Kragen, in der Hand einen hölzernen sperrigen Kasten haltend, und hinter ihm eine Dame im langen Kleid mit Kapuzenmantel aus der Kutsche steigen, dann kommt ein Dritter zum Vorschein, auch der in eleganter Kleidung. Sie hasten, die drei, ohne sich umzuschauen, auf den hinteren Eingang zu, und ehe die Neugierigen aus ihrer Erstarrung erwachen, sind sie im Opernbau verschwunden, ruckt die Kutsche wieder an, fährt im langsamen Halbkreis über den Platz und dann schneller werdend in Richtung des unten liegenden Terrassenufers davon.

Drinnen hastet Paganini die Stufen empor, stößt mit dem Operndirektor auf halber Treppe zusammen, Signor Ribizzo! ruft er, wendet sich halb um und zeigt mit der Hand auf seinen Vetter. Er will sagen, der da wird alles erklären, er, Paganini, habe keine Zeit dazu, er müsse nach oben, sich vorbereiten, müsse zu den Musikern, hinter die Bühne. Ribizzo verneigt sich, doch ehe er etwas sagen kann, hat Graf Vitzthum die Hofopernsängerin erkannt: Gnädige Frau, welche Freude, Sie wollen doch nicht …?

Er errät, warum die Sängerin mit dem Paganini hier erschienen ist. Eigentlich habe man sie im Publikum erwartet, sagt er feierlich.
Die Schröder-Devrient nickt, sagt, ja, Herr Paganini war so freundlich, mich zu bitten, mit ihm heute Abend aufzutreten. Hätte ich dies ablehnen können?
Oh, nein, selbstverständlich nicht! Das Publikum, das nichts ahnt, wird aus dem Häuschen sein, ruft der Operndirektor, eine große Freude, Madame, eine große Freude.
Sie werde die Leonoren-Arie aus dem ersten Akt singen, sagt die Sängerin und lacht, er, Vitzthum (sie sagt: der Herr Graf!), solle den Musikern die Noten bringen lassen, sie werde nach dem zweiten Violinkonzert und dem Quartett auftreten. So sei es zwischen ihr und Herrn Paganini abgemacht. Vitzthum neigt seinen schmalen, vornehmen Schädel, sagt, natürlich Madame, ausgezeichnet, welch eine Freude, er wiederholt sich, welch eine Freude! und bietet ihr dann den Arm, sie die Treppe hinauf und hinter die Bühne zu geleiten. Ribizzo, der nicht zu Wort gekommen, ist erstaunt, schüttelt den Kopf, lächelt, folgt ihnen.
Paganini ist inzwischen vorausgeeilt, hat den Orchestermusikern hinter der Bühne Guten Abend gewünscht, hastig und unkonzentriert hat er einem jeden die Hand gegeben, hat noch einmal den Programmzettel durchgelesen, den Konzertmeister herbeigewunken und in einer halb französisch, halb italienisch gesprochenen Rede von der Hofopernsängerin Schröder-Devrient geredet, von der Leonoren-Arie, die sie nach dem Quartett singen werde, und dann immer wieder den Namen Ribizzo ausgesprochen, Ribizzo werde ihnen alles erklären, er käme gleich mit dem Grafen Vitzthum und der Sängerin. Er, Paganini, müsse jetzt noch eine Zeit für sich haben, er müsse sich auf den Auftritt vorbereiten, sich einstimmen, sich konzentrieren, mit sich, seinem Gott und seiner Violine allein sein. Er hat das laut zu dem Konzertmeister Krause gesagt, doch Krause hat fast nichts verstan-

den, wie auch die anderen nicht, so zuckt Paganini schließlich die Achseln und als er den Grafen Vitzthum mit der Sängerin und seinem Vetter kommen sieht, macht er eine hastige Bewegung, lässt den Ersten Violinisten und die Kapelle ohne weitere Erklärung stehen, eilt, niemand weiß wohin, den dunklen Gang hinter der Bühne entlang und ist, ohne dass es sich die Herren recht bewusst werden, plötzlich verschwunden. Nein, und es fällt ihnen nicht auf, denn sie werden vom Operndirektor, dem Grafen Vitzthum, und der Schröder-Devrient abgelenkt, die ihnen erklären, wie die Aufführung jetzt nach Paganinis Wunsch verlaufen soll. Noten werden ausgeteilt. Die Sängerin spricht mit den Musikern, redet, wie sie ihren Beethoven singen will und was sie vom Orchester erwartet. Konzentration und Nervosität, beides breitet sich aus, einige proben noch schwierige Stellen, andere blättern in den Noten, manche unterhalten sich über Belangloses, nur um sich abzulenken. Vitzthum steht nervös daneben, knackt mit den Fingergelenken, Ribizzo versucht ein Gespräch mit ihm. Und so fällt für einen kurzen Zeitraum niemandem auf, dass die Hauptperson des Abends, Paganini, nirgendwo zu sehen ist, dass er sich, unsichtbar für alle, irgendwohin zurückgezogen hat.

Bis zum offiziellen Beginn der Vorstellung sind es noch zehn Minuten.

Paganini aber steht auf der dunklen Bühne, in der Nähe eines Seiteneinganges, verhüllt in einer Falte des schweren, rotsamtenen Vorhanges. Er steht und lauscht, hört all die Geräusche mit überdeutlicher Schärfe, Geräusche aus dem überfüllten Saal, dem Parkett, Geräusche von den Rängen, Geräusche von der hinteren Bühne, den Musikern. Er steht und stellt sich vor, wie er sich sonst auf seine Auftritte vorbereitet hat, versucht die Gedanken herbeizuzwingen. Denn heute ist ihm alles aus den Fugen geraten durch den vermaledeiten Empfang bei diesem Bürger Tieck, heute muss er sich hier auf der dunklen Bühne verbergen und sich vorstellen, was er bisher vor seinen Auftritten wie eine heilige

Handlung zelebriert hat. Sonst ist es so gewesen, dass er sorgfältig angezogen, in seinem schwarzen Frack, den Ring der Mutter als Talisman in der Hosentasche, die Violine geölt, alles Notwendige im Geigenkasten verwahrt, seine Barschaft, Papiere, Kontrakte, Noten, aus seinem Hotelzimmer getreten ist und sich während seiner Fahrt zur Konzerthalle, Oper, Theater, oder wo er auch aufgetreten ist, vorgestellt hat, wie im selben Augenblick in vielen Zimmern der Stadt Frauen vor ihren Spiegeln sitzen, ihr Haar schmücken, ihren Körper parfümieren, um sich auf den Abend mit ihm, Paganini, vorzubereiten, wie Herren mit einem prüfenden Blick, ebenfalls in den Spiegel blickend, an sich herunterschauen, den Sitz der Krawatte, des Halstuches, die Ehrenspangen und Orden auf Sitz und Form prüfen, wie die Musiker, mit denen er auftreten wird, ihre Instrumente stimmen, sich vorbereiten, all das bedenkend, was er ihnen zur Probe eingeschärft hat. All diese Vorbereitungen gehören für ihn zu seinem Auftritt, als seien sie eine Art Vorspiel, dieses von den Erwartungen getragene schöne Vorgefühl, dieses Kribbeln, dieses Ahnen, Vorstellen, was er beinahe noch mehr geniest als den Auftritt selber, wo er die Menschen dann zu seinen Füßen niedersinken, stöhnen, ohnmächtig werden sieht, wo sie ihm hörig sind wie ein willfähriges Weib.

Heute aber muss er an all das von hier aus denken, hinter dem Bühnenvorhang stehend, den Staub atmend, muss sich in seinen Gedanken in ungleich kürzerer Zeit all das vorstellen, wozu er sonst ein oder zwei Stunden zur Verfügung gehabt hat. Und er fühlt eine aufkommende Panik. Seine Verzweiflung wächst, denn es will ihm nicht gelingen, diese lustvoll beschauliche Vorstellung aufzubauen, jetzt, in den samtenen Vorhang gehüllt, denn all die Geräusche des Opernhauses dringen plötzlich mit besonderer Lautstärke und Deutlichkeit in seine Ohren. Wie ein Raubtier fühlt er sich, das seine Beute wittert und hört, das jeden Laut, jeden Geruch wahrnimmt, wenn diese seine Beute, noch arglos, verspielt auf ihrem Pfad zur Tränke läuft. Ja, es scheint ihm, als werde alles immer lauter und ungestümer um ihn her, als könne er einzelne Stimmen aus dem Saal, von dem er nur durch den schweren staubigen Stoff getrennt ist, unterscheiden. Und nicht nur das, nein, es ist ihm auch, als röche er die Menschendüfte, den herben Geruch der Männer und die durch verschiedene Düfte überlagerten Ausdünstungen der Frauen, Frauen allen Alters, junge, die noch wenig künstliche Düfte benutzen, und ältere, die für Haar und Körper verschiedene Parfüms benutzt haben, Gerüche von Kleidern und teuren Pelzen, von Atlas und Brokat, von Seide und feinem Leinen, von englischem und flandrischem Tuch, Dünste von feinen Täschnerwaren, vom Leder des Chagrin. All das meint der verborgene Paganini zu riechen, während in seine Ohren ein anschwellendes Geräusch dringt, einem vielstimmigen Summen gleich, so als könne er in einem Bienenstock den Flügelschlag der einzelnen Biene wahrnehmen. Seine Sinne sind angespannt wie noch nie vorher in seinem Leben. Er fühlt sich wie eine in den Falten des Vorhanges verborgene Fledermaus, er ist ganz Ohr und Nase, während seine Augen, verkümmerte trübe halb vertrocknete Gebilde, nichts zu sehen vermögen. Plötzlich glaubt er da unten im Saal die Stimme des Kellners Knöfel aus seinem Hotel zu hören, wie der seinen Sitznachbarn Geschichten und Sensationen von ihm, Paganini, erzählt, Einzelheiten kichernd ausbreitet, immer wieder von dem bestätigenden So sei es gewesen! unterbrochen. Leider versteht er das Deutsche kaum, weiß also nicht, was gesprochen wird, fühlt nur, da er es überdeutlich hört, dass es um ihn gegangen sei. Ja, immer sprächen sie über ihn, denkt Paganini in der Stofffalte, sie reden und wüssten doch nichts, wüssten nicht, wie elend er sich fühlt, wie er seinen schwächlichen Körper mit sich umherschleppen muss, nur von seinem übermächtigen Verstand und dem Willen fortgezogen, wie ihm so manches Mal, in Stunden der Besinnung, jeder Lebenswille zu fehlen scheint, wenn er sich fragt, wozu er dies alles ertrage, warum er seit seinem sechzehnten Lebensjahr umherzöge, erst vom Vater angetrieben, dann von seinem eigenen Willen, sich zu beweisen, nach Anerkennung und Ruhm, immer aber vom Willen nach Vervollkommnung seiner Kunst, getrieben von der Musik, dieser teuflischen Kunst, mit der man so leicht in die Herzen der Menschen dringt und sie verführt in allen Sprachen dieser Erde. Ja, denkt Paganini jetzt hinter dem Vorhang, er sei ein Getriebener, ein Ruheloser, den es über die Erde treibe, im Verlangen nach immer vollkommenerer Musik, nach immer ausgefeilterem Spiel auf seiner Violine, der dem ewigen Glück wie der ewigen Liebe nachlaufe, schneller und schneller, in immer rasenderem Lauf, und sie doch nicht zu erreichen vermöge. Ja, denkt er, alle Menschenherzen könne er rühren inzwischen mit seinem Spiel, jeden könne er in die Knie zwingen, nur sich selbst, sich selber könne er nicht glücklich machen – er spürt, in die Falten des schweren Stoffes gehüllt, wie er zu zittern beginnt, denn ihm ist die Vorstellung von seinem Tod gekommen:

Er sieht sich auf einem Krankenlager, fern der Heimat. Wo? Er kann es nicht deutlich sehen, vielleicht in Nizza am Meer, siech, eingefallen, nicht fähig, sich zu rühren, nicht mehr fähig, ein Wort zu sprechen, den Kehlkopf zerfressen, die halbe Lunge – ein blutiger, wunder Klumpen, die Eingeweide aufgelöst im stinkenden Brei der Geschwüre. Töne hört er. Glocken. Er hört seine eigenen Totenglocken. Er lauscht, ja er hört sie ganz deutlich, sie schlagen *im eingestrichenen B*. Dünn, einsam, klagend klingen sie.

Da! Auf einmal aber ist Stille!

Die Totenglocken schweigen. Man hat sie angehalten. Warum, so wird er, dem Tode schon im Arm, denken, denkt er jetzt, was bedeutet diese Stille. Einem Priester, der ihm die Sterbesakramente abnehmen will, hat er auf die Frage, ob seine Violine des Teufels sei, kopfnickend, stumm geantwortet: Ja, sie sei es! Sie sei des Teufels, seine Geige. Mit einem letzten Spott will er der Welt entfliehen, mit einer letzten Tollheit, einem Übermut, der ihn, sterbend schon, noch einmal angefallen hat. Und eine beklemmende Angst schnürt ihm nun die Brust: Man hat ihn ausgestoßen. Man hat die Totenglocke angehalten. Deshalb! Wegen seines Hochmutes, seines Übermutes, seiner Tollkühnheit! Die Glocken schweigen, weil er kein Christenmensch, sondern ein vom Teufel Besessener sei, wird man sagen, weil sie ihm, denkt er, nun die Quittung präsentieren. Denn er habe tatsächlich dem Teufel gehuldigt, *seinem eigenen inneren Teufel,* denkt er jetzt, wenn die Zeitungen geschrieben, wenn Gerüchte über ihn im Umlauf gewesen seien, wenn die Menschen in den Konzertsälen, so wie auch hier, denkt er, zu ihm nach oben auf die Bühne voll Schauder und Gier blickten und ihnen die Herzen vor Beklemmung und Furcht hüpften, der da oben sei ein Teufel, ein Mörder, ein Sträfling, ein Bekenner Satans, dann habe er im Herzen lachend sich darüber gefreut, habe sich die Zeitungen auf die Hotelzimmer bringen lassen, habe alles Gedruckte gierig gelesen, jede neu ausgedachte Sensation und Lüge ausgiebig studiert, habe gedacht, sollen sie nur schreiben über ihn, Tag für Tag, sollen sie diese Kübel über ihm auskippen, denn nur so füllten sich die Säle, so bliebe sein Name vom Glanz des Ruhmes und des Spektakels umgeben, so fliege er von Erfolg zu Erfolg auf dieser Welle aus Gier und Sensation. Denn dann, wenn sie ihn sähen, ihn, den in Wahrheit Begnadeten und nicht Verfluchten, den Menschen aus Fleisch und Blut, wenn sie ihn spielen hörten, wenn er ihnen in die Seele dringe mit seiner Musik, in die Seele und unter die Haut, und bei manchem Weib direkt in die Scham, dann würde alles Gerede zu Staub zerfallen, dann besiege er jeden Aberglauben, jedes Gerücht, habe er immer wieder geglaubt. Das denkt er jetzt.

Aber, es sei auch immer ein Spiel gewesen, das er gespielt habe, zu probieren, wie weit er es wagen, wie weit er es treiben könne mit denen im Saal, mit den Menschen, die ihm im Augenblicke seines Violinspiels verfallen, immer wieder zugefallen seien, wie Opiumsüchtige, wie ohnmächtig Verliebte, wie willenlose Sklaven, und wie er mit ihnen und so mit dem Teufel selbst gespielt habe. Dem Teufel der Eigenliebe, dem Teufel, ja, denkt er jetzt, so habe er immer den Teufel verlockt, habe ihn gereizt, geneckt. Im vollen Bewusstsein, etwas Verruchtes, etwas Verwerfliches zu tun. Doch keiner spiele mit dem Teufel ungestraft. Jetzt, wie er gesehen habe in dieser Vision von seinem Ende, dass sie ihm die Totenglocken verweigern, so werde ihm die Kirche, die heilige Mutter Kirche, die er oft genug verhöhnt und verlacht hat, auch kein christliches Begräbnis geben, sein Leichnam werde umherirren, wie er als Lebender umhergeirrt sei, denkt er im Vorhang, umgetrieben, ruhelos, jahrelang, ebenso viele Jahre wie er mit seiner Violine als Glückssucher auf dieser Erde, von Stadt zu Stadt, von Auftritt zu Auftritt, von Hotelzimmer zu Hotelzimmer unterwegs gewesen sei, ebenso viele Jahre werde sein Leichnam auf der Suche nach Frieden, nach kirchlichem Begräbnis umherirren, balsamiert vielleicht und in einem Zinnsarg, aber wie ein Untoter, ein Vampir …

Und Paganini steht noch immer in die Falten des rotsamtenen Vorhanges gehüllt, steht mit geschärften Sinnen, seine Guarneri im Arm, die er umklammert hält wie einen Schatz, wie eine Geliebte, die er niemals loslassen will; dann denkt er an Achille, seinen Sohn, den kleinen Prachtkerl, den er jetzt sicher in der Obhut des Georg Harrys im Hotel weiß, für ihn wenigstens will er da sein, ihm alles, alles opfern; und Paganini fühlt, wie der rotsamtene Vorhang seine Tränen auffängt. Ja, Paganini, der Teufelsgeiger, der Dämon, der von seiner Musik Getriebene weint hinter dem Vorhang, während die Menschen im Saal leise aber doch vernehmlich die Glocken der nahen Hofkirche zur vollen Stunde schlagen hören. Nach ihren Programmzetteln, die sie in den Händen halten, die sie wieder und wieder gelesen haben, nach

den Plakaten in der Stadt, nach den Ausrufern, die heute und gestern noch in der Stadt umhergegangen sind, soll die Akademie, wie es heißt, das Konzert mit Herrn Niccolò Paganini, um acht Uhr beginnen.
Und acht Mal schlägt die Glocke der Hofkirche jetzt.
Die Unruhe im Saal steigert sich, wächst an wie das leise Rauschen und das Blätterflattern vor einem Gewitter, von Minute zu Minute. Das Gerücht, er sei geflohen, sei mit einer fremden schönen Frau, womöglich mit der Schröder-Devrient, auf und davon, dieses Gerücht hat nun auch, vom Schlossplatz kommend, die Menschen im vollen Saal erreicht. Wie vom Wind bewegte Blumen, einem Meer aus Blumen gleich, bewegen sich die Köpfe, die Köpfe der Damen, kunstvoll frisiert, mit Locken und Löckchen in vielen Farben bis auf die nackten Schultern reichend, in zierlichen Windungen wippend, es bewegen sich die Köpfe der Männer, mal mit, mal ohne Haare, mal mit der Revolutionsmähne der vergangenen Jahre, Köpfe mit Bärten oder bartlos, Köpfe blass oder sonnengebräunt, Köpfe von Beamten, gepflegt und ölig glänzend, Köpfe von Militärs, Künstlerköpfe; all diese Köpfe tragen die Worte von Reihe zu Reihe, und von Sitz zu Sitz erreichen sie den letzten Winkel, jedes Ohr, jedes Herz.
Auch Johanna, das Zimmermädchen vom »Hotel de Pologne«, hört dieses Gerücht. Doch sie kann es nicht glauben. Ihr Verstand, ihr Herz schütteln diese Worte ab wie die Tropfen eines unwillkommenen kalten Regens: Der Fremde hat sie nicht verlassen. Sie sitzt aufrecht, fest auf ihrem Sitz in der dritten Reihe von hinten im Parkett, und macht ein entschlossenes Gesicht. Sie glaubt es nicht, dieses Geschwätz. Der Fremde, dieser schwarzhaarige Geiger aus Italien, hat ihr versprochen, er spiele heute Abend nur für sie. Also wird er spielen. Sie sitzt kerzengerade. Das Kleid schnürt sie im Rücken und unter der Brust. Sie hat Angst, sich zu bewegen, dass die Nähte aufplatzen. Es ist nicht ihr Kleid. Es gehört der Frau Effenberg. Sie hat es von ihr bekom-

men, heute am Nachmittag, als sie in ihrer Kammer gesessen, mit roten verheulten Augen, weil sie nicht gewusst hat, wie sie sich kleiden soll für das Konzert in der Hofoper, in der sie noch niemals gewesen, an der sie nur immer vorbeigegangen ist und diese sich nur manchmal vorgestellt hat, wie es wäre, dort drin zu sitzen unter all den feinen Damen und Herren; denn sie hat ja nur ihr zweiteiliges Alltagskleid von ihrer Mutter, das weiße mit den roten Streifen, nichts sonst, seit drei Jahren trägt sie es, sonntags, wenn sie in die Kirche geht und sich mit Herrmann getroffen hat. Und die Frau Effenberg ist auf ihrem Rundgang, den sie immer durchs Haus unternimmt, in ihr Zimmer getreten, unerwartet und leise, wollte sie etwas fragen, wegen des Gastes auf Numero 45, und hat sie sitzen und heulen sehen. Frau Effenberg hat ein gutes Herz, trotz all ihrer Strenge. Was, eine Karte für die Akademie, heute Abend in der Hofoper habe er ihr gegeben, dieser Italiener? Und sie hat das Billett hingezeigt. Und die Frau Effenberg hat das Stück Papier hin und her gewendet. Tatsächlich, mein Kind, hat sie gesagt, man könne es kaum glauben. Und der Frau Effenberg sind die Tränen gekommen. So eine Ehre! hat sie gerufen, doch im selben Moment hat sie die Johanna streng angeblickt und gefragt: und er habe nichts dafür genommen? Rein gar nichts? Was er denn von ihr, der Johanna, hätte kriegen sollen, hat sie zurückgefragt. Da hat die Frau Effenberg zum Fenster rausgeblickt und ihr ist wieder Henriette eingefallen, das eigene Töchterchen, das vor zehn Jahren an der Schwindsucht gestorben ist. Die sei damals genauso alt und in der Figur beinahe wie Johanna gewesen, hat die Effenberg gesagt. Ihr Konfirmationskleid könne sie ihr leihen, denn sie habe ja, wie sie wisse, nur das rotweiß gestreifte Kleidchen von der Mutter. Ja, sie ist eine gütige Frau, die Frau Effenberg, denkt Johanna und hält ihre roten Arbeitshände in einer Falte zwischen den Knien versteckt. Gleich ist sie wiedergekommen mit dem Tochter-Kleid, und sie hat es vor ihren Augen anprobieren müssen. Die Henriette ist ein schmales, zierliches Mädchen gewesen. Die Johanna hat die Luft angehalten beim Anprobieren und nur ganz wenig geatmet, damit die Frau Effenberg es nicht wieder mit fortnimmt, das Kleid ihrer Tochter. Passt! hat die Frau Effenberg mit schief gehaltenem Kopf gesagt. Es passt! Dreh dich mal! Und Johanna hat sich auf die Zehenspitzen gestellt, hat den Bauch ganz flach gemacht und sich um und um gedreht. Wie die Henriette! hat die Frau Effenberg gesagt und nach ihrem Spitzentüchlein gegriffen. So geh in die Oper, mein Kind. Ich wünsch dir viel Spaß!

Und so sitzt Johanna jetzt auf ihrem Platz unter all den feinen Leuten, bewundert die Kleider der Damen um sich her, riskiert vorsichtig ein paar Blicke zu den feschen Herren ein paar Sitze weiter, zwei Offizieren der Sächsischen Dragoner in ihren rotgoldenen Uniformen mit den gezwirbelten Bärten. Und es pocht ihr Herz vor Aufregung, nein, nicht wegen der Offiziere oder der feinen Damen, sondern dass sie jetzt hier sitzen kann und gleich dort oben auf der Bühne der Fremde erscheinen wird, um nur für sie allein zu spielen. Und eine kleine, hämische Freude ist in ihr wegen dieses Geheimnisses. Keiner von all denen hier weiß, dass sie, Johanna Kleditzsch, von diesem berühmten Mann ein Billett geschenkt bekommen hat, dass er gesagt hat, er werde nur für sie spielen, für sie allein. Da sitzen nun die noblen und feinen Herrschaften hier neben ihr, vor ihr, hinter ihr, im ganzen Saal, und nur wegen ihr allein erklingt diese Musik. Oh, wie klopft ihr das Herz. Und wie er ausgesehen hat, dieser Fremde, so schwarze Augen, so dunkel glänzende Locken bis auf die Schultern, so hoch gebaut. Sie hat ihn gesehen! Sie hat ihn gesehen, wie ihn niemand in diesem Saal gesehen hat. Mit nacktem Oberkörper. Sie allein weiß von dem Mann Paganini mehr als all die feinen Damen, die mit ihren Fächern wippen, die mit ihren Perlen im Haar und den Diamanten auf der Brust in ihrer Seiden- und Damastrobe steif dasitzen. Sie hat seine Haut gesehen. Er hat ihre Hand geküsst, was noch nie ein Mann getan. Dann hat er sie umschlungen mit seinen langen, biegsamen Armen. Sie erinnert sich, wie seine Lippen geschmeckt haben, und ganz von allein hat sie die ihren geöffnet, wie von selbst, sie hat nichts tun, sich nicht anstrengen müssen. Und sie hat an das Fremde gedacht, das auf sie übergeströmt ist, nie ist sie in Italien gewesen und bestimmt wird sie niemals hinkommen, wo er herstammt, aber sie hat es erfühlt, diesen wärmenden, fröhlichen Süden, ihr ist so gewesen, als kenne sie das Milde, das Duftende, das Singende. Und nun spielt er für sie! Kerzengerade sitzt sie, stolz und geheimnisvoll in sich hineinlächelnd. Ihre Augen bekommen einen dunklen Glanz, sie nagt an ihrer Oberlippe …

Auf einmal wächst das Stimmengewirr zu einem mächtigen Raunen, einem Rufen an. Im Saal werden Stühle gerückt, ein paar Männer springen auf. Einer ruft: Es lebe Seine Majestät, unser allergnädigster König Anton! Beifall, Bravorufe, nicht enden wollendes Händeklatschen. Alle erheben sich, auch die, welche zwischen den Stühlen auf dem Boden gesessen haben. Alle Köpfe drehen sich in eine Richtung: Zur Loge des Königs. Auch Johanna ist aufgestanden. Sie hat den König noch nie aus solcher Nähe gesehen. Nur einmal ist er in einer Kutsche an der Elbe mit großem Tross vorübergefahren, doch da hat sie nichts erkennen können. Johanna weiß, der König ist alt. Gütig und fromm soll er sein. Sie sieht einen weißhaarigen, leicht gebeugten alten Mann in blauer Uniformjacke, viele silberne Sterne und blitzende Orden sieht sie darauf. Sie kennt deren Bedeutung nicht. Der alte Mann lächelt und hebt mit schwacher Geste die rechte Hand. Er winkt in den Saal. Hinter ihm, eisgrauen Auges, aufrecht, Bernhard von Lindenau, auch er neigt den Kopf, doch er winkt nicht, neben ihm und in den anderen Logen links und rechts des Königs Minister, hohe Offiziere, die Damen des Hofadels. Der König nimmt Platz, dann auch, wie auf Kommando, einer nach dem anderen seiner Begleitung. Hinter der hohen, vergoldeten Kante seiner Loge sieht Johanna jetzt nur noch den weißhaarigen

Kopf des Königs, ihr scheint es, dass er die Augen geschlossen hat. Sollte er müde sein, denkt Johanna, ehe sie wieder nach vorn zur Bühne schaut.

Indes haben sich jetzt auch alle anderen Köpfe und Augen im Saal, alle Ohren der Bühne zugewandt. Dort ist der Vorhang beiseite gezogen worden, das Orchester, merkwürdig artig und still, sitzt auf seinen Plätzen, die Geiger blicken zu Boden, halten ihre Bögen gesenkt, die Violine auf den Knien, auch die Cellisten und Kontrabassspieler sieht man in dieser Wartehaltung, zu Boden blickend, ihre Instrumente zwischen den Knien. Man spürt Anspannung, Nervosität, man kann das Warten fühlen. Einem zum Sprung bereiten Tier gleicht das Orchester. Graf Vitzthum, der Operndirektor, steht für das Publikum unsichtbar an der linken Bühnenseite in einer Tapetentür, und auch er wartet. Plötzlich scheint er ein Zeichen erhalten zu haben, er erwacht aus seiner Erstarrung, er tritt auf die Bühne, begrüßt den König und die Gäste im Saal, kündigt Niccolò Paganini, den Ritter Paganini, den berühmtesten Geiger dieser Welt an, der nun auch diesseits der Alpen, zuerst in Wien und dann in Prag unbeschreibliche Triumphe gefeiert habe, jetzt zum ersten Mal in Deutschland, im Königreich Sachsen zu Gast sei. Man freue sich sehr, und der König habe nicht geringen Anteil an dieser Einladung (einzelnes Murmeln, ein Grollen hört man im Saal). Vitzthum hebt den Blick, als suche er die Störer ausfindig zu machen, liest dann aber das Programm vor, sagt indes kein Wort von der Überraschung, die sich Paganini und die Schröder-Devrient ausgedacht haben und von der er weiß, wünscht einen schönen Abend, geht ab.

Stille ist im Saal. Kein Flüstern, kein Knistern, eine wahrhaftige Totenstille. Die Lichter sind bis auf die am Bühnenrand vollständig gelöscht. So sieht man die breite Bühne wie eine von unten beleuchtete, gespenstische Höhle, in der die Schatten der sitzenden Musiker vielfach verzerrt und unwirklich an die hintere Wand geworfen werden.

In diesem zuckenden Widerschein erscheint plötzlich eine dunkle, hohe Gestalt. Wie aus dem Boden gewachsen steht sie vor dem Orchester, in schwarzer Gala, doch von entsetzlich altmodischem Zuschnitt, in einem Frack, wie ihn ehedem die französische Geheimpolizei zu Napoleons Zeiten getragen hat, die Weste ein wenig schief und verschnitten, die Arme erscheinen endlos lang, sie halten links die Violine, rechts den Bogen. Man meint, die auf dem Bühnenboden schleifenden Geräusche des Instrumentes zu hören, als diese dunkle, nur von unten angestrahlte grässliche Gestalt nun ein wenig unbeholfen und hinkend an den vorderen Bühnenrand tritt. Einige Damen in den vorderen Reihen des Parketts kreischen leise auf, doch dieses Gespenst, aus dessen fahlem, jeder Farbe entbehrendem Gesicht nur die Augen dunkel hervorblitzen, beginnt sich zu verneigen. Immer im Halbkreis sich dem Publikum zuneigend, einem Tanzbär aus den Karpaten gleich, verbeugt sich Paganini. Dabei wirkt er seltsam steif und wie eine Gliederpuppe. Nur seine Augen beobachten aufmerksam das Publikum. Sie haben etwas Angst machend Hölzernes, diese Verbeugungen. Eingelernt wirken sie, diese schwingenden Bewegungen, einfältig, dümmlich naiv oder schlau ausgedacht, man kann es nicht sagen, und in seinem Blick spiegelt sich Flehen und Demut, hündische Unterwerfung, sklavische Ergebenheit und dämonische Besessenheit gleichermaßen wider. Die ihn aus nächster Nähe sehen, sie schaudern, denen vergeht aller Spott, alle Überheblichkeit, ihnen graut vor dieser Gestalt, die tatsächlich der Hölle oder dem Jenseits entstiegen zu sein scheint.
Und er, Paganini, er sieht sie sitzen, seine Opfer, aufgereiht wie zu einem Festmahl der Sinne, diese ahnungslosen Opfer, die er in wenigen Augenblicken verzaubern, in seinen Bann schlagen wird wie ein Hexenmeister. Er genießt diese Spannung, diese Erwartung, dieses Atemanhalten, dieses Herzklopfen, das er zu hören meint. Er nimmt den Beifall, der verhalten zuerst, jetzt einem auffliegenden Taubenschwarm gleich im Saal widerschallt, wie

ein erfrischendes, belebendes Bad auf. Sie lieben mich, so wie ich sie wiederliebe, denkt er im Verneigen, sie lieben den einsamen, den gepeinigten Jungen, der ich gewesen bin, wie sie den Sendboten himmlischster Musik, unglaublichster Klänge lieben. Schon vor dem ersten Ton sind sie mir verfallen, denkt er, und ich liebe sie, wie ich ein jungfräuliches Mädchen liebe, dem ich alle Zauber der Liebe zeige, in höchste Höhen der Lust führe und dem ich dennoch die Unschuld nehmen will. Seine Verneigungen werden lebendiger, freundlicher, menschenähnlicher. Er lächelt. Er weiß, eine unwiderstehliche Lust zieht ihn an den Bühnenrand, zwingt ihn, sich zu neigen, wieder und wieder, und dabei den Jubel des Publikums und das Drängen wie eine Welle über sich zusammenschlagen zu lassen …

Plötzlich aber fühlt er, wie alle berechnenden Erwägungen von ihm abfallen und wie er in diesen Augenblicken seine Kunst nur noch präsentieren will um ihrer selbst willen. Ohne an Geld, an Ruhm und Reichtum, ohne an die Verführungen zu denken, die von ihm und seinem Violinspiel ausgehen, in diesen Minuten ist die Musik, seine Musik der alles beherrschende Gott, dem er sich als Erster unterwerfen will, dem er sich zum Opfer bringt, mit allem, was er kann und vermag.

Und mit einem Ruck wendet er sich ab und dem Orchester zu. Er hebt die Arme in einer Geste der Beschwörung, in der einen Hand die Violine, in der anderen den Bogen. Hinter ihm im Saal erstirbt jedes Geräusch, nur seinen eigenen verhaltenen, gepressten Atem hört er noch. Dann klemmt er die Guarneri, ohne Kinnhalter, zwischen Schulter und Kinn, hebt den Bogen und vollführt eine Drehung zum Publikum hin, das nun wieder sein Gesicht sehen kann, ein Gesicht, das gewandelt scheint, das beseelt ist, das sich verjüngt und verschönt hat, dem nichts Kaltes, Berechnendes, Teuflisches mehr anhaftet. Ein Gesicht, wie nach altem antiken Vorbild gemeißelt, aus phrygischem Marmor mit dunkel blitzenden Saphiren, seinen Augen, einer edlen römischen

Nase und weichen, sinnlichen Lippen, ein Gesicht mit blauschwarz glänzenden Locken, ein schönes Gesicht, das Gesicht des Lyra spielenden Apollon.
Tapp, tapp, tapp – seine Fußspitze schlägt den Takt (denn er spielt ja ohne Dirigenten, ist selbst Solist und Orchesterleiter in einer Person).
Das Konzert beginnt. Er hat für den Anfang sein h-Moll-Konzert gewählt. Nach wenigen Tutti-Takten der Streicher, wo die Bogenspitzen über den Saiten verharren, erzittern wie vom Wind geschüttelte dürre Zweige, nach den sich steigernden Akkorden mit melodiösen, volksliedhaften Tonfolgen scheint das Orchester die Solovioline Paganinis geradezu zu ersehnen, herbeizurufen, anzuflehen, sie, die über allem zu schweben vermag, möge doch jetzt bitte erscheinen, so wie die Puppenspieler früher, in Paganinis Kindheit, den Auftritt des berühmten Seiltänzers auf dem Genueser Jahrmarkt ausgerufen haben, diesem buntbelebten Platz, auf dem die durcheinanderschwirrenden Stimmen, vorher vom Kinderlachen und dem Schwatzen alter Weiber bestimmt, plötzlich verstummen und mit abschwellendem *Oh* und *Ah* den einzigartigen Artisten bestaunen. Und so beginnt die Solovioline nicht einfach mit ihrem Spiel, nein, sie erscheint, sie wird zelebriert, sie tritt auf wie der berühmte Seiltänzer in seinem schillernden Trikot. Von nun an ist es, als hielte Paganini das Orchester an unsichtbaren seidenen Fäden, als dirigiere er es nach Gutdünken und beherrsche mit der Meisterschaft, mit der ein Kunstreiter sein edles Ross lenkt und führt, die Szenerie.
So ein Spiel, so eine brillante Musik hat man in Dresden, wo man sich etwas auf Musikverständigkeit einbildet, noch niemals erlebt. Mit offenen Mündern staunen die Menschen im Saal, verfolgen sie die virtuosen Einlagen, bei denen sie glauben, es würden glitzernde Diamanten in die Luft geworfen und diese fielen, Perlen gleich, hernach wie von Zauberhand einem jeden von ihnen wieder in den Schoß. Ein Diamantenfeuerwerk aus Tönen.

Ein sich drehendes Karussell, atemberaubend, sinnenverwirrend, schnell, unglaublich. Nie gehört, unerhört. Alles, was sie gelesen, vernommen, was sie sich vorgestellt haben, übertrifft diese schwarze Gestalt dort oben auf der Bühne. Und als er dann mit unglaublicher Innigkeit und einem Gesang, wie ihn der Orpheus einst gesungen haben muss, den langsamen Satz präsentiert, da hebt sich den Damen die schmuckbehangene Brust, da werden unter den weiten, bauschigen Röcken Schenkel aneinander gepresst, da irren Träume und Phantasien im Saal umher wie unsichtbare unerlöste Geister. Doch all das übertrifft »La Campanella«, der dritte Satz dieses h-Moll-Konzertes – es macht Herzen hüpfen, dieses hell klingelnde Glockenspiel, welches die Violine wie ein Schalk nachzuahmen beginnt. Und aus dem unscheinbaren Holz des bräunlich glänzenden Instrumentes springen Töne voll Übermut und Lebensfreude hervor, schlagen Purzelbäume, stoßen aneinander, klingen, singen und jubilieren. Es scheint als tanze der Geiger Paganini, dieser Zaubermeister, über die Bühne, als hielte sich das Orchester, ihm nachtanzend, an den Händen und springe umher wie eine Schar ausgelassener singender Gassenbuben, alles ist außer Rand und Band, keine Norm gilt mehr, vergessen ist Stand und Rang. Schon beginnen sich die ersten Menschen, junge Männer, Damen, jung und alt, von Adel oder bürgerlich, Offiziere und Zivilisten im Takt zu wiegen; sie zucken, wirken entrückt. Der Teufel, aber ein lustiger, listiger, fröhlicher Teufel von der Art antiker Satyrn, scheint ihnen in den Leib gefahren – und nachdem schließlich der tolle Tanz im Furioso des Finales beendet ist, seine letzte Erfüllung gefunden hat, ist Niccolò Paganini wieder eckig, hölzern, demütig, an den Bühnenrand getreten. Der verschönende, verjüngende Zauber, der ihn während des Spiels und kurz davor ergriffen hat, scheint mit dem letzten Ton aus seinem Körper gewichen. Denn als er sich verneigt, lässt er seinen Blick wieder in dieser flehentlichen Erwartung, ergeben, tatsächlich wie ein Jahrmarktsclown, der nach

endlosen Überschlägen ein paar Münzen der Belohnung erwartet, kreisen, wieder scheint er zu einem Automaten, einer Puppe erstarrt zu sein, ist das dämonisch Höllische in ihn zurückgekehrt.
So wartet er, scheint den Beifall, die Zustimmung, das Lob, die Liebe in tiefster Unterwerfung erbetteln zu wollen. Lauernd die Augen, flehend der Mund, reglos, lang, schlaff hängen die Arme, er hat ein Bein zurückgesetzt, den höfischen, aus der Mode gekommenen Kratzfuß andeutend.
Stille liegt über dem Saal, eine Fermate, tönende Pause.
Dann aber, mit einem Mal, entringt sich, einer Erlösung gleich wie bei einer Gebärenden, allen Kehlen im Saal ein ohrenbetäubender Schrei der Begeisterung. Es ist ein Aufspringen, ein Hochschnellen im Saal. Man fällt sich in die Arme, wildfremde Menschen umschlingen, küssen einander, man trocknet dem Nachbarn, dem Fremden, ohne ihn zu kennen, ohne mit ihm vorher je ein Wort gewechselt zu haben, die Tränen der Freude vom Gesicht. Das Händeklatschen will kein Ende nehmen. Immer wieder Schreie und Bravorufe. Die wildesten Leidenschaften sind entfesselt.
Nur zwei Menschen sieht man unter all den Aufgesprungenen, wild Klatschenden, nur zwei, die sitzen geblieben sind; sie sitzen wie versteinert und rühren sich nicht. Der eine Mensch ist Johanna Kleditzsch, der andere der Musikjournalist Adolf Preiswein aus Leipzig. Niemals zuvor habe sie solche Musik gehört, sagt sich das Zimmermädchen und sie glaubt auch, dass sie niemals wieder solche Musik hören werde, ihr ist, dass diese Töne in ihrem Herzen wie gefrorene Tränen festsitzen und nie von dort weichen werden, egal ob Tränen der Freude oder der Berührung, der Lust oder der Trauer, sie hat dieses Singen und Sehnen, dieses Jubilieren in sich eingeschlossen und will es nicht preisgeben. So sitzt sie, durch ihr Kleid beengt, steif und unbeweglich, weil sie glaubt, wenn sie sich rühre, fielen die eben gehörten Klänge von

ihr ab wie Wassertropfen, und noch einmal schmeckt sie den Kuss des Fremden, holt sie sich jede Einzelheit ihrer Berührung aus dem Gedächtnis ins Bewusstsein zurück. Wie könne sie jetzt in die Hände klatschen und sich so kindisch freuen wie all die Leute hier, denkt sie von neuem, die nichts von diesem Fremden wissen, die ihn nur im Rampenlicht verzerrt und gespenstisch beleuchtet sahen, die seine Violine singen hörten, aber nichts von seinem Herzen wissen. Sie aber habe ihm in die Augen geschaut, ganz nah, sie habe ihr Gesicht, ihre eigenen Augen in den seinen sich spiegeln sehen, sie habe, das weiß sie jetzt, seine Seele gesehen und sie weiß, er ist gütig, liebenswert, und er ist ein Mann, ein richtiger Mann, nicht so einer wie der Knöfel oder der Hofrat Gerlich, auch nicht wie ihr Herrmann, der noch ein Junge ist und ein Kindskopf dazu. Sie will dem Fremden morgen, wenn er abfährt, einen frischen Strauß Freesien schenken, ihre Lieblingsblumen, sie weiß, wo sie die bekommen kann, sie will ihm auch, heute Abend noch, denn sie wird vor ihm im Hotel sein, eine Heizflasche unters Bett stecken, das Bett aufschütteln und ihm eine Flasche Wein aufs Zimmer bringen, und sie stellt sich vor, was er für Augen machte und sie dann vielleicht wieder in seine Arme nähme, ja, denkt sie, sie würde sich wieder von ihm küssen lassen, und wenn er sie aufs Bett trüge, um sie dort abzulegen wie eine Feder, sacht und vorsichtig, sie würde sich nicht rühren, alles geschehen lassen und ihm vielleicht sogar ein bisschen behilflich sein, ihr Mieder, das neue, das sie unter dem Effenberg'schen Kleid trägt, ohne Anstrengung auseinander zu fädeln.
Das denkt Johanna Kleditzsch also, während um sie her die Menschen toben und rasen, während sie sich von einer älteren Dame sogar hat beschimpfen lassen, ob sie sich denn nicht freue über diesen Künstler und warum sie nicht Beifall klatsche, wo man doch so eine Aufführung hier in Dresden selten genug erlebe. Sie hat der Dame nichts geantwortet, ist nur weiter so sitzen geblieben und hat sich ihre Gedanken gemacht, Gedanken, von denen

sie weiß, dass sie keiner dieser Rasenden, Schreienden, Jubelnden hier im festlichen Opernsaal erraten könne.
Und auch Adolf Preiswein, der Leipziger Musikjournalist, der ein paar Reihen vor Johanna sitzt, hat nicht mitgeklatscht oder Bravo gerufen. Er hat keine Zeit für solche Banalitäten. Er ist aus seiner Erstarrung erwacht, in die ihn das Gehörte versetzt hat. Er denkt nach und lässt das Violinspiel dieses Italieners nachträglich auf sich einwirken, wohltuend und prickelnd angenehm, wie er sich eingesteht, und dann hat er sein Notizbüchlein gezückt und wichtige Anmerkungen hineingekritzelt. Wie kann einer, so schreibt er, der so erschreckend dünn ist, seinem Instrument solche Töne entlocken. Belustigt denkt er, und er erinnert sich dabei an den Konzertbericht eines französischen Kollegen, des Herrn Boucher de Perthes, den er kürzlich gelesen hat, dass möglicherweise die Schwingungen der Geige Paganinis durch das Vibrieren des eigenen, entsetzlich dürren Körpers verstärkt und dass dadurch solche Klänge erzeugt würden. Der Journalist lächelt, während er schreibt. Doch dann wird Adolf Preiswein wieder ernsthafter, nagt, mitten in dem ihn umtosenden Beifall, an seinem Bleistift und schreibt: Dieser Herr Paganini ist zweifelsohne der Erste und Größte unter den Violinspielern unserer Zeit, und ihm, dem Preiswein, fällt flüchtig der Louis Spohr ein, doch dann murmelt er: Ach was! und schreibt weiter: sein Spiel sei wahrhaft unbegreiflich, und wer es nicht mit eigenen Augen und Ohren erlebt habe, der könne sich keinen Begriff davon machen, er vollführe gewisse Gänge, Sprünge und Doppelgriffe, die man von keinem anderen Violinspieler, wer er auch sei (oh, Gott, der Spohr, denkt Preiswein wieder), gehört und gesehen habe, und er gäbe die allerhöchsten Töne, die für das menschliche Ohr gerade noch wahrnehmbar seien, ganz dicht am Steg in unglaublicher Reinheit wieder. Dabei sage man, schreibt Preiswein, dass Herr Paganini all diese unglaublichen Kunststückchen und artistischen Extras trotz seiner zerrütteten Gesundheit zustande bräch-

te, nicht sähe man ihm an, dass er unter schrecklichsten Unterleibsbeschwerden leide, welche die Folge seiner jahrelangen Quecksilberkuren seien, ja, er habe in Erfahrung gebracht, schreibt Preiswein weiter (und wieder denkt er an sein Interview mit dem Kasseler Spohr), dass Paganini seine Deutschland-Tournee begonnen habe in dem Bewusstsein, nie wieder gesund zu werden, und nur die Sorge und Verantwortung für seinen kleinen Sohn, den er seiner ehemaligen Gefährtin Bianchi für ein paar Tausend Gulden abgekauft habe und nun ständig mit sich führe, treibe ihn vorwärts. Oh, eine gute Geschichte, denkt Preiswein, und nagt wieder an seinem Stift. Neben diesem Augenblicksbericht vom ersten Konzert auf deutschem Boden auch gleich die Tränen der Weiber zu rühren, das sei vortrefflich, so etwas läse man gern in Leipzig, in ganz Deutschland und anderswo in Europa. Ja, ja, denkt Preiswein stolz, die Leipziger »Allgemeine musikalische Zeitung« schriebe eben auch von dem armen, geplagten Menschen Paganini, vortrefflich, vortrefflich …

In diesem Moment ist der Beifall, wie ein sich rasch entfernender Vogelschwarm, leiser geworden und nur noch ein paar einzelne, unentwegt Klatschende, ganz vorn im Parkett, halten ihre Hände in Bewegung, sie sind stehen geblieben, einer davon kann sich gar nicht beruhigen, er ruft lautstark »Hoch, Vivat, Bravo!«. Johanna sieht von ihrem Platz aus, es ist der Knöfel, und sie denkt daran, wie sie einmal am Abend an seinem Geschäftszimmer vorbeigekommen ist und sie von dort jämmerlich kratzende Töne gehört hat, schauerlich wimmernd und stöhnend, später habe sie erfahren, dass Knöfel ab und zu, wenn es seine Zeit erlaube, auf der Geige spiele. Daran muss sie jetzt denken und sie kann ein Lachen, ein Prusten, das sie ohne Rücksicht auf ihr enges Kleid anfällt, nicht unterdrücken. Empört hat die ältere Dame neben ihr das Lorgnon an die Augen gehoben. Doch gerade da, Johanna hat der Dame einen triumphierend trotzigen Blick zuwerfen wollen, da geht auf der Bühne das Programm weiter, denn inzwi-

schen sitzen Paganini und mit ihm drei weitere Musiker hinter ihren Notenpulten.
Man spiele jetzt das E-Dur-Quartett, hat Vitzthum vom Bühnenrand verkündet. Erwartungsvolle Stille. Es sei eine Erstaufführung, fügt der Graf Vitzthum lächelnd an.
Eine Erstaufführung, so? man stößt sich an im Saal, ernste Erwartung auf allen Gesichtern. Was dann in lieblichem Singen erklingt, erinnert so sehr an Ludwig van Beethoven, dass einige Kenner im Saal zu ihren Programmzetteln greifen, um sich zu vergewissern, dass hier wirklich Paganinis eigenes Werk erklinge. Man ist erstaunt, aber schließlich besänftigt, fasst es als eine Verneigung vor Paganinis großem Musikerkollegen auf, dem Einzigen, den der Genueser je öffentlich gerühmt hat.
Auch der greise König, oben auf seinem Balkon, versinkt in feierlicher Stimmung, Beethoven ja, dies ist, was er kennt und liebt, und dieses Streichquartett klingt so allerliebst, ein guter Griff, dass man diesen Italiener zuerst hier nach Sachsen geholt hat. Er weiß, dass sein großherzoglicher Verwandter, Karl Friedrich in Weimar, diesen Paganini sehr umworben hat und dass dieser sofort nach seinem Auftritt hier in Dresden nach Weimar reisen wird, ja, dass er erst danach wieder nach Sachsen, nach Leipzig zurückkehren wird. Aber ist es nicht wunderschön, denkt Anton, der Sächsische König, in Dresden ist er zuerst gewesen, dieser Zaubergeiger, dieser Ruhm wird ihm, dem König, bleiben, der erste Deutschland-Auftritt ist in seiner Residenz gewesen, und er hat doch so gar nichts Jesuitisches, dieser schwarz gekleidete, dürre Mann, nein, er gleicht den römisch-griechischen Statuen, wie er, Anton, sie auf seiner Italienreise gesehen hat, diese Nase, griechisch, ach, denkt er, wohlig sich zurücklehnend, und dieses Quartett ist doch gar zu artig, es hat nichts Aufrührerisches. Diese Melodien! Schön.
Plötzlich spürt der König den Atem eines Menschen in seinem Genick. Der Geheime Rat von Lindenau hat sich zu ihm vorge-

beugt. Allergnädigster Herr, Majestät, haucht Lindenau. Der König nickt. Was es denn gäbe, jetzt? Ob er das Präsent für den Paganini parat habe. Ja, gewiss, flüstert Lindenau, doch das wäre es nicht, was er Majestät jetzt sogleich noch sagen müsse. So sprechen Sie, Lindenau, beeilen Sie sich, sagt der König. Er ist ungnädig, er möchte der Musik zuhören. Es gäbe eine Überraschung im heutigen Programm, flüstert Lindenau. Eine Überraschung? Ja, gleich jetzt träte die Schröder-Devrient mit der Leonoren-Arie auf. Paganini habe sie gebeten, und nun sänge sie die Arie aus dem Beethoven'schen »Fidelio«. Was, Lindenau? Die Leonoren-Arie aus dem »Fidelio«, diesem »Fidelio«, dieser schrecklichen Freiheitsoper? Gewiss, Majestät, dieselbe. Ob sie nichts anderes habe auswählen können, die Hofopernsängerin? Dies wisse er nicht, sagt Lindenau und lächelt. Danke, danke, es ist gut, flüstert der König und winkt dem Geheimen Rat, sich wieder zu entfernen. Ausgerechnet aus dem »Fidelio«, denkt der König traurig, nein, er liebt diese Oper nicht. Gewiss, die Musik, himmlisch, wie alles von Beethoven, aber es sei eines dieser romantischen Freiheitsdramen, die das rebellische Gemüt seiner Sachsen nicht vertrüge, immer verstünden sie alles falsch und dächten, Republik und Mitbestimmung, Volksversammlung, konstitutionelle Monarchie habe der Beethoven mit seiner Oper vorauskomponiert, doch das sei ein Irrtum, und schließlich handele diese Oper ja nicht in Sachsen, überhaupt nicht in Deutschland, sondern in einem Phantasieland, dem von Frankreich unterjochten Spanien ähnlich. Nein, nein, »Fidelio«, diese Oper liebe er nicht, sie rieche allzu sehr nach der französischen Revolution. Warum sänge die Schröder-Devrient nicht etwas aus der Missa? Wenn es schon Beethoven sein müsse, dann könne es doch wenigstens etwas Religiöses sein. Religiöses liebe er an der Beethoven'schen Musik am meisten.
Diese Künstler, denkt der König, ach, diese unzuverlässigen Künstler. Und auf einmal gefällt ihm dieses Quartett gar nicht mehr, das da vorn gespielt wird.

Der König gähnt, er hebt die Hand vor den Mund und gähnt. Paganini aber, der seine Augen umherschweifen lässt, denn er kennt jede Note seiner Musik, jeden Einsatz, Paganini hat das königliche Gähnen gesehen. Augenblicklich senkt er den Bogen, beendet sein Spiel, flüchtig erinnert er sich, dass er früher schon, in Lucca, bei der Napoleonischen Schwester, sein Violinspiel einmal beendet habe, weil eine der Hofdamen gegähnt habe. Also macht er es hier genauso. Er steht auf und verneigt sich. Seine Musiker, die erschrocken innegehalten haben, folgen Paganinis Blick und sitzen wie versteinert. Unerhört. Unglaublich. Dieser Italiener wagt dem Sachsenkönig eine Lektion zu erteilen?
Doch der Monarch hat Humor, auch er ist aufgestanden, winkt mit seiner weißen Monarchenhand. *Spiel'n Se nor weitor, Herr Paganini, sagt er, nähm'Se keene Rücksicht off en mieden Keenich.* Es wäre ein langer Tag gewesen, er, Paganini, möge ihm gütigst verzeihen.
Wieder verneigt sich dieser, Geige und Bogen, links und rechts in den herabhängenden Händen, berühren nun wirklich den Bühnenboden, dann setzt er sich hinter sein Notenpult, nickt seinen Musikerkollegen zu, lächelt, und das Spiel geht weiter.
Im Publikum aber hat man den Atem angehalten, diese Szene schweigend, mancher erschreckt, die Hand vor dem Mund, beobachtet.
Doch dann, als das Quartett beendet ist, will der Jubel kein Ende nehmen. Man sieht am Rand die Studenten, die auf dem Fußboden gesessen haben, wild applaudieren. Einer ist unter ihnen, kaum sechzehn Jahre, der mit leidenschaftlich glänzenden Augen *Hurra* gerufen hat, sich jetzt die Hemdbrust aufreißt und die Arme nach oben stößt. Seine Kameraden zerren ihn an der Schulter, Richard, rufen sie, so komm doch zu dir! Er solle sich gedulden, die Revolution sei noch nicht gekommen, aber sie stünde unmittelbar vor der Tür. Bald, rufen sie, bald sei es so weit. Albert von Carlowitz, der heimliche Rebell aus Zwickau, der Ver-

fasser so mancher Schmähschrift wider den König und das sächsische Königtum, hat sich im mittleren Parkett erhoben. Man kennt seine hohe Gestalt, sein leidenschaftliches Gemüt. Er hat sein Gesicht zu einem herzlichen Lachen verzogen, während er über dem Kopf in die Hände klatscht. Die Studenten und schließlich auch große Teile des Saales applaudieren nach der Bühne und zugleich in Richtung des aufrecht stehenden Carlowitz.
König Anton hat sich nicht erhoben, er sitzt in seinem Sessel eher noch ein wenig tiefer, und sein Gesicht ragt jetzt nur noch zur Hälfte über den Logenrand, hinter sich hört er den Lindenau hüsteln und er kann sich vorstellen, er weiß, was dem Geheimen Rat durch den Kopf geht. Und jetzt hernach gleich noch den »Fidelio«, denkt der König, warum er sich nur dieses elende Amt zugemutet habe, man werde erniedrigt und beleidigt und müsse doch noch dazu lächeln und Güte zeigen, oh, mein allergütigster Gott, hilf deinem unwürdigen Knecht …
Mitten in dieser Freude, die sich im Saal breit gemacht hat, diesem Übermut und Leichtsinn, mitten in dieser Stimmung ist Paganini von der Bühne abgegangen, um Sekunden später mit der Sängerin Schröder-Devrient wieder zu erscheinen. Sie halten sich an den ausgestreckten Armen, die beiden Künstler, und verneigen sich in dem nun einsetzenden unglaublichen Jubel. Jeder im Saal kennt diese Frau, jeder weiß sofort, was sie singen wird: es wird Beethoven erklingen, die Leonoren-Arie, das Lied, das herrliche Lied, mit dem sie berühmt geworden ist, zuerst in Wien und dann hier in Dresden. So stehen sie auf der Bühne, sich noch immer an den Händen haltend, wie Apollon und Aphrodite, der Beifall des Publikums umtost sie, verjüngt sie, scheint sie zu umflammen.
Die Sängerin befreit ihre kleine Hand mit leichter, eleganter Geste aus der langfingrigen linken Paganinis. Sie deutet einen Hofknicks an, sagt mit heller Stimme, dass der Herr Ritter Paganini sie gebeten habe, mit ihm heute Abend aufzutreten, und deshalb

wolle sie jetzt die Arie der Leonore aus dem ersten Akt von Beethovens »Fidelio« singen.
Paganini steht beiseite, hat wieder die Violine in der Hand, seine Augen leuchten, seine schmale Brust hebt und senkt sich schnell. Er weiß, dass er mit dieser Programmerweiterung den Nerv des Dresdner Publikums, die Stimmung einer Stadt, eines ganzen Landes, getroffen hat, doch ihm sind politische Erwägungen vollkommen fremd, er weiß nichts von den revolutionären Stimmungen in Sachsen, und er will das auch nicht wissen, er liebt Beethoven wie einen älteren Bruder, er fühlt sich ihm verwandt, er weiß, wie sehr Violine und der menschliche Gesang zusammengehören. Und daran hat er gedacht, an die Musik und an seinen Freund Beethoven, an nichts sonst.
Aber die Menschen im Saal, vor allem die Studenten, und viele der Bürgerlichen wie auch die Leute um den Baron von Carlowitz, glauben ein Zeichen zu erkennen, ein Zeichen, das lange erwartet, nun endlich gekommen scheint. Freude sieht man auf vielen Gesichtern, Begeisterung, Freude und Zuversicht.
Und so schwingt im Klang der Musik zusammen, was nur in dieser universellen Sprache zusammengefügt werden kann, vereinigen sich Gefühl und Geist, Ahnung und Unausgesprochenes.
Paganini hat die Violine erhoben, er gibt jetzt als Konzertmeister dem Orchester die Einsätze, spielt im Stehen, keine drei Meter von der Sängerin entfernt, den Violinpart der ersten Geigen mit.

»... Komm, Hoffnung, lass den letzten Stern
Der Müden nicht erbleichen!«

Die Schröder-Devrient singt in ihrer unvergleichlichen Stimmtechnik, in der sie mit ihrem Atem umgeht, wie es keiner Sängerin vor ihr gelungen ist, sie singt leidenschaftlich, diesen Atem ausströmend, dass es vielen Männern im Saal in den Lenden kribbelt, und sie singt nicht nur, nein, sie lebt, auch jetzt, wo um sie her keine Bühnendekoration aufgebaut ist, sie lebt die Rolle der ehrlich und wild liebenden Leonore, und die Zuhörer fühlen

sich in die Oper versetzt, hängen an ihren Lippen, alles um sich her vergessend.
Man sieht, wie der Musiker Paganini diese Stimme, diese Frau liebt, seine Augen funkeln, sein blasses Gesicht hat plötzlich Farbe, es ist als verschmelze seine Violine, die man deutlich heraushört, mit der Singstimme, als vereinigten sich hier öffentlich ein Mann und eine Frau auf der Bühne vor aller Augen, als flögen ihre Seelen entzückt und befreit im Saal umher, um am Ende zum Dach hinaus in den Himmel zu entfliehen.
Auch Johanna Kleditzsch sieht dies alles und sie versteht. Mit einem Mal versteht sie. Ihr ist, als presse ihr Herz all das Gedachte und Gefühlte der letzten Stunden aus ihrem Körper. Der Fremde liebt diese Sängerin! Das sieht sie. Das versteht sie im jähen Erkennen. Sie sieht den Italiener mit dieser Frau in zärtlichem Zusammensein. Sie sieht, wie seine Augen sprühen, wie er seine Violine zu ihr, dieser schönen und edlen Frau, hinüber zu heben scheint, sie nach oben reißt, wie sich die beiden Liebenden streicheln, wie sie durch die Musik verschmelzend eins werden. Und Johanna fühlt sich klein, armselig, winzig, wie ein Insekt. Wie hat sie nur glauben können, wie hat sie nur allen Ernstes daran denken können, dass dieser Mann, dieser Paganini, sie, die kleine Johanna, liebe, sie beachte, wie hat sie sich vorstellen können, dass er sie auf sein Bett legen werde. Sie sieht jetzt mit eigenen Augen, wem dieser Mann zugehört. Der Musik und dieser Sängerin. Einer Künstlerin und seiner Musik. Niemandem sonst. Oh, sie kleine, alberne Närrin, denkt Johanna jetzt und fühlt, wie eng ihr das entsetzliche Effenberg'sche Kleid wird. Spazieren gehen hätte sie sollen in der schönen Winternacht an der Elbe mit ihrem Herrmann, denkt sie. Stattdessen hat sie ihm was vorgeschwindelt, dem lieben, blonden Herrmann, der so schöne, treue, blaue Augen hat. Und plötzlich, mit einem Ruck, bei dem zwischen ihren Schultern ein scharfes Geräusch zu hören ist, ein Ton, wie man ihn kennt, wenn textile Nähte auseinander reißen, steht sie auf.

Mit einem entschlossenen Ruck, ohne auf dieses Malheur Rücksicht zu nehmen, erhebt sich Johanna, das Zimmermädchen aus dem »Hotel de Pologne«, und drängt sich zwischen den Sitzenden, die verärgert zu ihr aufblicken und nur ungern Platz machen, dem Ausgang zu.
Dem Saal, dieser Szene, die sie mitansehen musste, glücklich entronnen, läuft Johanna mit schnellen Schritten ins Freie, hinaus in die winterliche Nacht. Sie atmet befreit, ihr ist das Kleid egal, den wärmenden Umhang hat sie umgeworfen, den sie aus dem Kleiderständer im Foyer gewühlt hat.
Sie läuft nun nicht mehr, nein, sie rennt, hinunter an die Elbe, blickt in den dunkel dahingleitenden Fluss, hockt sich am Ufer, ganz nahe an einem der dunklen Brückenpfeiler hin, der, einem schlafenden Riesen gleich, über sich den Brückenbogen hält, und nachdem sie eine Weile dagesessen hat, einen Augenblick, in dem sie spürt, wie all ihre schweren Gedanken mit dem Wasser die Elbe hinab in ferne unbekannte Gegenden wegzufließen scheinen, da, mit der Zeit ist sie immer ruhiger und gelassener, beinahe fröhlich geworden.
Und ganz plötzlich beginnt sie, eine innige getragene Melodie zu summen. Die Töne sind ihr, wie das Aufblitzen und das Schimmern des nächtlichen Wassers, in das sie unentwegt geschaut hat, gekommen, einzeln, zaghaft, einer nach dem anderen und sich alle miteinander verbindend. An ein früher viel gesungenes Lied hat sie gedacht. So vertraut und lieblich hat es geklungen. Und erst später, als sie wieder aufgestanden und auf dem Weg nach Hause ist, fällt ihr ein, dass diese Melodie, die sie gesummt hat, das Adagio des soeben im Opernsaal gehörten h-Moll-Konzertes von Niccolò Paganini gewesen ist.

Gestaltung Frank Eilenberger
Satz und Layout aus der Garamond
im atelier eilenberger, Leipzig
Druck und Bindung Offizin Andersen Nexö, Zwenkau
Printed in Germany

ISBN 3-936618-87-9

Angaben zu diesem und zu anderen
schönen Büchern des Verlages
finden Sie auch im Internet unter:
www.faberundfaber.de